AF277724

Dos tardes
para leer juntos

por Sergio del Molino

Editor invitado
de la colección Dos tardes
en Alianza

Dos tardes no bastan para conocer a una persona. Dos tardes
no bastan para leer a un escritor. Pero dos tardes sobran para
enamorarse. Dos tardes sobran para que las amistades echen a
andar. Esta nueva colección de Alianza reivindica la profundidad
que se esconde en la ligereza de dos tardes. Ese es el tiempo
medio que los lectores pasarán con estos libros. La esperanza de sus
autores —y la mía, padrino del invento— es que estas dos tardes
sean solo las primeras que los lectores pasen en compañía del
escritor objeto de cada título. El propósito es que se contagien del
entusiasmo de quienes los recomiendan y se sumerjan en su obra.

Hemos invitado a algunos de los mejores escritores
contemporáneos en español a que compartan su pasión por un
autor clásico incluido en la Biblioteca de autor de El libro de bolsillo
de Alianza Editorial. No hay aquí lecciones magistrales ni
monografías de especialista, sino entusiasmo genuino de escritor a
escritor. Grandes maestros de ayer contemplados con los ojos de
los maestros de hoy.

La literatura, placer solitario e íntimo tanto para quien escribe
como para quien lee, no ofrece muchas ocasiones para socializar
los entusiasmos. Con esta colección queremos llevar las grandes
conversaciones literarias a las manos de todos los lectores.
Y pasar juntos dos tardes que no olvidarán.

Manuel Vilas

Dos tardes
con Franz Kafka

 **Alianza** editorial
El libro de bolsillo

 dos
tardes

Diseño de colección: Estrada Design
Diseño de cubierta: Manuel Estrada
Fotografía de Javier Ayuso

PAPEL DE FIBRA
CERTIFICADA

© Manuel Vilas, 2025
    Por mediación de Casanovas & Lynch Literary Agency, S.L.
© Alianza Editorial, S. A., Madrid, 2025
    Calle Valentín Beato, 15
    28037 Madrid
    www.alianzaeditorial.es

ISBN: 978-84-1148-910-2
Depósito legal: M.124-2025
Printed in Spain

Si quiere recibir información periódica sobre las novedades de Alianza Editorial, envíe un correo electrónico a la dirección: alianzaeditorial@anaya.es

A José Luis Aínsa,
bondad y memoria.

Índice

Kafka estaba siempre de buen humor.
Dora Diamant

*Frente a Kafka cualquier escritor
es menor.*
Elias Canetti

Yo soy la novela. Yo soy mis historias.
Franz Kafka

Palabras previas para un diccionario sobre el mejor escritor del mundo

1. Yo soy el que soy

Yo no soy un lector de Franz Kafka, yo soy su enamorado.

Con mucha probabilidad, yo no me habría convertido en escritor si no hubiera leído a Franz Kafka, o si la obra de Franz Kafka no existiese. Si intento borrar la obra de Kafka de mi alma, me quedo sin vocación literaria. No me intcresa la literatura si Kafka no es el dueño de la literatura. Lo cual no es un agradecimiento que yo quiera manifestar aquí a modo de elogio de la obra de Kafka, sino más bien una recriminación cuyas consecuencias ignoro, pero me aventuro a pensar que tal vez, de no existir la obra de Kafka, tampoco existiría la mía, y ese desvanecimiento o desaparición de cientos de páginas escritas hoy me parece deseable e incluso decente.

La palabra decente se opone a la palabra deshonroso. El ejercicio de la literatura, tal como lo entendió Kafka, y tal como lo legó a generaciones posteriores, produce deshonra o vergüenza o ignominia en la medida en que toda su obra cerca el sentido de la existencia humana y lo diluye en laberintos oscuros y terribles. Es como si Kafka no apoyara la obra de Dios, para decirlo desde la teología judía, tan importante en su obra.

La escritura (digo escritura y no literatura) fue un menester vergonzoso. Porque escribir para Kafka fue enmendar la vida y perder la discreción, el anonimato. Y todo eso es ignominioso. Fue un desnudo. Estar desnudo, y nada te causa más vergüenza que estar desnudo.

Se han escrito a lo largo de la historia de la humanidad miles de libros en muchas lenguas, miles de novelas y de relatos y de cartas. Hay algo monstruoso en la historia de la literatura: todos los libros se parecen porque todos, hombres y mujeres que los escribieron, también se parecen.

Cualquier frase de la obra de Kafka (no hace falta ni recurrir al párrafo) es única, reconocible, distinta a cualquier frase de cualquier otro escritor. Allí es donde nace el sentimiento de deshonra. No profesionalizó su literatura, y de haberlo hecho la deshonra hubiera desaparecido, porque entonces su obra habría tenido un sentido social y no una ausencia de sentido. Porque todos sus libros eran autobiográficos y a la vez legendarios, ocurrían en lugares y tiempos que solo sabía ver su autor.

Kafka es un yo soy el que soy, pero con una corrección salvaje: me gustaría no tener que ser. No me queda más remedio que ser, pues fui concebido por un hombre y una mujer. Me haríais un gran favor, si no es grave molestia para vosotros, si no advirtierais mi presencia en exceso, solo lo escuetamente necesario para no causar males mayores.

Me gustaría causarle al mundo, a la vida y a la existencia humana la más mínima incomodidad.

Y con este deseo, ocurrió justo lo contrario: nos causó la más devastadora incomodidad. Y sin embargo, dentro de esa enervante incomodidad seguía vivo, muy vivo, el deseo de ser nadie, el deseo de ser lo mínimo que se puede ser, casi una visión, un huidizo fantasma.

Y así vivió, y su vida fue maravillosa.

Es lo primero que debemos de decir de Kafka: que llevó una vida intensa y maravillosa, sobre todo para desterrar la equivocada idea de que fue un hombre en la oscuridad y un hombre torturado. Aunque en realidad, esto último también pasó. Pero esa es la grandeza de Franz Kafka, que visitó los cielos y los infiernos.

Fue un hombre maravillosamente torturado por su amor a la vida.

Y yo no lo conocí.

2. Libros y títulos

En mi tiránica opinión, en mi totalitaria opinión, la gran obra de Franz Kafka es la novela póstuma *El castillo*. La escribió poco tiempo antes de su muerte. Todos los demás libros, póstumos o publicados, muestran el camino que lleva a esta novela; son como ejercicios preparatorios para la escritura de *El castillo*. Eso sí, grandes ejercicios preparatorios. No puedes decir que conoces la obra de Kafka si solo has leído *La metamorfosis,* que es la novela más popular de Kafka.

Pero bueno, allá cada cual.

Mi manera de desembozar a un falso kafkiano es siempre esa: preguntarle por *El castillo*. Cómo te acabas cansando de la gente, madre mía. Quitadme de en medio a todos esos hombres y mujeres que leen *La metamorfosis* y allí se quedan, con la sensación de que han aprobado un examen de cultura general, que les capacita para opinar en conversaciones cultas.

A mí me deprimen los lectores de Kafka que solo han leído *La metamorfosis*. Lo único que pido es no tener que hablar con ellos. Que se vayan. Que no me hablen. Que mucho mejor hablen con otros que hayan hecho lo mismo: leer y alabar y deslumbrarse ante *La metamorfosis*.

Qué dolor de cabeza.

Mi primera recomendación es leer, como primer plato, las tres narraciones largas de Kafka: *América*, *El proceso* y *El castillo*, por este orden. Y luego el diario, los cuentos, la carta al padre, los epistolarios, en fin, la obra completa. Kafka te manda amorosamente que te leas su obra completa. No te lo manda. Tú sientes esa necesidad, por una razón bien simple: cualquier frase de Kafka es un prodigio de la vida. Por eso acabas leyéndote no solo la obra completa sino todo cuanto se ha escrito sobre él.

Otra cosa: a mí no me gusta llamar *El desaparecido* a la novela *América*.

Como se sabe, el albacea de Kafka, su amigo Max Brod, publicó *América* en 1927, tres años después de la muerte de Kafka. A partir de 1982 la filología y los estudiosos de Kafka decidieron que ese no era el título que Kafka proyectaba, siendo este el de *El desaparecido*. Para ello se apoyan en que Kafka le menciona ese título en una carta a su prometida berlinesa Felice Bauer.

Hay que ser insensible y saber bien poco de literatura para cambiar ese título. Los filólogos no se dan cuenta de que la literatura es más importante que la erudición.

Cambiar el título de *América* por *El desaparecido* es un desatino literario.

Yo siempre llamaré a esa novela *América*, me importan un pimiento todos esos expertos que vinieron al mundo cuando Kafka ya no estaba en el mundo, y se ufanaron en enmendarle la plana a Max Brod, siendo Brod el propio Kafka, porque a partir del 3 de junio de 1924 Franz Kafka se llamó Max Kafka Brod.

Max Brod salvó la obra de Kafka.

Sin él, todos esos expertos no tendrían nada de qué ocuparse, estarían en el paro.

Después de las tres narraciones largas, puedes leerte los epistolarios, porque en las cartas de Kafka está Kafka en estado puro. Las cartas a Felice Bauer y a Milena Jesenská son conmovedoras y te conducen a paisajes del alma humana que no has visto antes ni verás en ningún otro escritor.

Puedes seguir con la *Carta al padre*, con los relatos, con los diarios, y al final te acabarás leyendo la obra completa. Porque al final ya te has hecho un adicto a Kafka y lo lees todo, no solo lo que él escribió, sino lo que sobre él escribieron quienes lo trataron en vida.

Eso es muy importante: leer a quienes lo trataron en vida, amigos, escritores, amantes. Siempre dicen esto cuando lo describen: «Era un hombre alto y delgado, de piel oscura y pelo negro».

Medía un metro y ochenta y dos centímetros y pesaba 61 kilos.

No hay acuerdo con respecto al color de sus ojos. Unos dicen que eran azules, otros grises, otros verdes, otros oscuros. Creo que todos tenían razón.

3. Kafka en Panamá, Kafka omnisciente

Si has leído a Kafka, y lo has hecho con alegría y fervor, lo llevas siempre en tu interior, en tu alma o en lo que sea ahora el alma. En tu inteligencia, tus emociones, tu psicología, tu memoria. Si lo has leído de verdad, siempre está contigo. Esto ya sé que parece un cuento chino, pero la vida es un cuento chino y, ya que es un cuento chino, que el cuento chino sea inmaculado, original, espectacular, distinto, preciso.

Ay, la precisión de Kafka.

Por ejemplo, yo he intentado zafarme de este sentimiento o emoción o cuento chino, porque ya soy viejo y no estoy para mitologías; pues los mitos los crea uno cuando es joven. Sin embargo, con Kafka no he podido jamás.

Tengo sesenta y dos años y he derribado cualquier mitología literaria, superstición o ilusión, a la búsqueda de la libertad y de la verdad. Pero nunca he podido derribar la adoración por Kafka.

He acabado con todos los rusos, he machacado a Flaubert, a Proust, a Faulkner, hasta con Cervantes he terminado, con todos, pero con Kafka es como el primer día. Sigo enamorado como el primer día, como un idiota.

¿Por qué?

Lo puedo explicar así: escribo estas líneas ahora mismo en la ciudad de Panamá, adonde he venido por razones profesionales, a una feria del libro. En mitad de la inauguración de la feria del libro me estaba entrando un ataque de pánico, no sabía qué estaba haciendo allí, y entonces pensé en Kafka y mi pensamiento huyó con él y mi ataque de pánico cesó.

Cuando la literatura se vuelve pesada literatura, pienso en Kafka y me salvo. Cuando mi vida como escritor se va al garete, pienso en Kafka y me río. Soy capaz de pensar en todos sus libros a la vez. Cuando te has leído todo Kafka ocurre ese fenómeno de fusión, de concentración, de unidad.

Kafka fue siempre un escritor maduro. Nunca fue un escritor joven. Es verdad que sus primeros libros, como «Contemplación» son más amables o menos ambiciosos, más ligeros, pero son Kafka ya. Es verdad que sin *El castillo* nos faltaría la pieza definitiva del puzzle.

¿Puede un escritor salvarte la vida?

Eso solo lo puede hacer Kafka.

¿Por qué eso no lo hacen Cervantes, o Tolstói, o Shakespeare, o Proust?

Porque todos ellos son escritores históricos, y Kafka no lo es. Creo que Kafka está llamado a ser el gran escritor de la historia de la literatura occidental si esta no acaba derrumbándose, cuando el acto de leer carezca de significado, porque puede que el acto de leer, dentro de quinientos años, y es poner una cantidad de años al azar, no esté vinculado a la vida; ahora leer y vivir son un matrimonio; podrían dejar de serlo; el futuro que vendrá es inimaginable; también eran inimaginables las historias que narra Kafka en su obra antes de 1910.

A veces pienso que aun cuando la literatura desapareciera, no sé, dentro de siete mil años, Kafka perduraría. Ni siquiera le afectaría la extinción de la civilización. Kafka seguiría allí aun cuando no hubiera nada sobre la faz de la tierra. Los lectores de Kafka se enfrentan a la odisea humana y literaria más apasionante de la historia tal como la concebimos hoy, y tal como se concebirá dentro de trescientos años.

Kafka sabe zafarse de los valores de su tiempo, su intemporalidad es un misterio. No está presente la historicidad del mundo en sus novelas. Quien vio eso muy bien fue Jorge Luis Borges, y Borges aprendió esa lección de Kafka.

No existen la Historia ni la Sociedad, no existe la ilusión de la realidad. Y eso es de agradecer.

No existe la superstición.

Como digo estoy en Panamá, en la Ciudad de Panamá, me paso el día en la habitación al lado del volumen II de las obras completas de Kafka que me he traído desde Madrid, porque me protege de todo mal.

Prescindibles, metafísicamente malditas sean todas las ferias del libro de la tierra, desde la FIL de Guadalajara hasta la Feria del libro de Madrid.

No sirven a la literatura.

Solo sirven al poder político.

La literatura es fuego ilegal y disfuncional.

Fuego enérgicamente descamisado y sórdido.

Es crueldad, asquerosidad y náusea.

Me meto en la habitación y me dedico a hablar con Franz Kafka. A los escritores angustiados y perdidos por el mundo, que no han sabido quedarse en sus casas y dan vueltas de feria en feria, Kafka les escucha.

Franz, tú que no estuviste en ninguna Feria del Libro, apiádate de nuestras almas en descomposición.

Franz, es que tú te alimentabas con un plato de sopa, una cebolla y una zanahoria, y nosotros no sabemos hacerlo, nos han invadido el corazón. Por eso te hiciste vegetariano. Tengo codicia de tu vegetarianismo. Por un solomillo vendo mi alma de escritor al diablo de la política.

Ya está, ya ha pasado, ya estoy metido entre tus páginas y el prodigio comienza, me he traído a este viaje también el otro volumen de tus obras completas, por si me sorprende el fin del mundo aquí.

¿Quién demonios puede estar leyendo a Kafka en Ciudad de Panamá?

Me atrevería a decir que solo yo, en una soledad insoportable, que me aleja del mundo a la velocidad de la luz, que me convierte en un auténtico marciano. Pero para qué leer si no es a Kafka a quien lees.

Claro, es un laberinto kafkiano.

Lo normal es que en esta Feria del Libro de Panamá la gente lea novelas policiacas o con suerte *Cien años de soledad* de García Márquez, o algún *thriller* de Joël Dicker, o a ese chaval que hace magia en las películas basadas en novelas que han hecho millonaria a su autora, no me acuerdo ni de su nombre. No me acuerdo ni de cómo se llama este idiota, gracias, Franz, por borrar su nombre de mi derrotado cerebro.

El extraterrestre soy yo y no tengo cura.

El monstruo soy yo.

El vergonzoso insecto soy yo.

Yo soy el único culpable y lo mejor es que me ejecuten ya, porque no hay ninguna duda sobre mi culpabilidad; es más, si hubiera alguna duda desde aquí la hago desaparecer con una confesión propia de culpabilidad firmada de mi puño y letra y en pleno uso de mis facultades.

Existimos, luego somos culpables.

4. El fuego

Una de las cartas más bellas del mundo aboga por un incendio, por el fuego. Kafka le escribió está carta a su amigo Max Brod:

> Queridísimo Max, mi último ruego: quema sin leerlos absolutamente todos los manuscritos, cartas propias y ajenas, dibujos, etcétera, que se encuentren en mi legado (es decir, en cajas de libros, roperos, escritorios de casa y de la oficina, o cualquier otro sitio donde pueda encontrarse algo y te llame la atención), así como todos los escritos o dibujos que tú u otros, a los que debes pedírselo en mi nombre, tengáis en vuestro poder. Deben al menos comprometerse a quemar en persona las cartas que no quieran entregarte.

> *Tuyo,*
> FRANZ KAFKA

Qué ruego más hermoso, el ruego de alguien que se marcha de este mundo, que ya se prepara para la nada, para ser nada.

Quería borrar su paso por el mundo, como si no hubiera existido, como si nunca hubiera sido un ser humano llamado Franz Kafka. Quería hacer desaparecer lo que un día apareció. Hacer desaparecer su expediente. Es el acto de belleza suprema y de humildad abrasadora: desvanecerse, borrar las huellas con tanto ahínco que no haya rastro posible, y sin huellas o recuerdos o páginas escritas o cartas la vida pasada no existe en el presente y si no existe en el presente, tampoco lo hará en el futuro; y de esta forma nunca habrá sido.

En el radical no-ser estaba el dios de Kafka.

¿Cómo quemar *El castillo*, cómo quemar la *Carta al padre*?

Pedir el fuego, el no-ser; que lo que fue no fue.

La vida se elevaba.

¿Qué clase de hombre mandaría quemar esas obras maestras aunque estuvieran inacabadas?

Un hombre enamorado de la oscuridad, enamorado de un dios que gobierna el universo sin haber advertido la existencia de la humanidad, no por descuido, o por falta de diligencia, no por desamor, no por odio, sino porque tiene otros expedientes más urgentes y más importantes que despachar.

Hay muchos expedientes en la oscuridad, también los hay en la visibilidad, y los dioses hacen lo que pueden por cumplir con su extenuante trabajo.

De modo que se agradece la iniciativa bondadosa de algún pequeño trabajador especializado en asuntos menores que decide eliminar su expediente, que pide que sea quemado. No tenemos demasiada alma, solo somos un expediente administrativo. No suelen gratificarse de manera pública, eso sería demasiado elocuente, estos actos de eliminación voluntaria de expedientes; expedientes por lo demás casi siempre anodinos. Se agradece en silencio con un leve movimiento de labios.

Kafka piensa que somos expedientes acumulados en algún sótano de la Administración. Las democracias actuales te dicen que no, que en absoluto eres un expediente, eres un ser humano libre y con cincuenta millones de derechos. En tu mano está a quién creer.

Diccionario Kafka

Absurdo

Ojalá fuese verdad esa palabrería de la sociología de la cultura que define la obra de Kafka como literatura del absurdo, como una literatura de principios del siglo XX que frecuentó una posición moral frente al mundo de carácter pesimista, que tendría su reflejo en las vanguardias y en obras literarias como *La tierra baldía* de T. S. Eliot o el *Ulises* de James Joyce. Sería maravilloso etiquetar la obra de Kafka como una manifestación simbólica de una crisis moral y crisis de la razón y el advenimiento consiguiente de los territorios de lo absurdo y de lo maligno, y quedarnos así tranquilos.

Ojalá Kafka fuese solo la invención de lo kafkiano.

Qué tranquilos nos quedaríamos, podríamos dormir en paz.

Si eso fuese así, a mí nunca me habría interesado Kafka.

Eso es lo malo, lo malo de toda malignidad: ni un solo párrafo de Kafka, ni una frase, ni una sola palabra, descansa en la teoría del absurdo.

Nada es absurdo en Kafka.

Los absurdos somos nosotros.

Alegoría

Los grandes intérpretes de la obra de Franz Kafka dicen que sus novelas y sus cuentos son de carácter alegórico o simbólico, hay en este punto sus luchas y sus hermandades exegéticas. Podemos resumirlo así de una forma muy elemental: que las obras de Kafka parece que hablan de una cosa, pero están hablando de otra.

Yo no lo creo, no creo que la obra de Kafka sea ni alegórica ni simbólica. Ojalá fuese ese el problema: desentrañar símbolos o alegorías, un bonito entretenimiento académico, como es el *Ulises* de Joyce. Necesitamos afirmar que sus narraciones y sus tres novelas inacabadas son alegóricas porque nuestra racionalidad busca el regreso a la normalidad, a la historicidad de la literatura. Es una necesidad kafkiana que no incumbe a la literatura de Kafka. Es un problema nuestro que Kafka no contempló jamás. Él iba a lo suyo, a su obsesión, que era escribir lo que estaba viendo. El problema es que lo que estaba viendo nosotros no lo vemos, y por eso llamamos a lo que estaba viendo símbolos o alegorías o fantasías o imaginaciones o delirios.

Por ejemplo, se ha dicho en unos casos de *La metamorfosis,* su novela corta más famosa, que es una narración de carácter existencial y en otros, una narración de carácter familiar, en donde Kafka estaría hablando de su propia familia.

En mi opinión *La metamorfosis* es una autoficción perfecta. Kafka se sentía mal, estaba deprimido, se dio cuenta de que de repente ese sentimiento maligno que le embargaba podía transformarse en un relato, y se puso a la tarea.

La metamorfosis es un relato conmovedor, porque el protagonista, el pobre Gregorio Samsa, es Kafka.

Todo lo que escribió Kafka acaba siendo, de una u otra forma, autobiográfico, por medio de invenciones misteriosas y enigmáticas, pero alienta su vida en cada palabra, y en ese sentido es interesante recordar que muchos de sus contemporáneos, en la Praga de principios de siglo, lo calificaban de poeta.

También su obra es una patada en los dientes a la novela del siglo XIX. Para qué me voy a inventar la vida de un personaje o de varios personajes si lo que tengo delante, lo que estoy viendo, es de un orden superior, vertiginoso y va más allá del bien y del mal.

Quien sí está detrás de Kafka es la filosofía de Nietzsche. La patada en los dientes a Dickens, Balzac, Flaubert, Tolstói, Stendhal, fue sangrante. La novela del XIX se desangra en las novelas de Kafka. Los novelistas del siglo XIX creyeron que existía la sociedad, la civilización, las naciones, la política, la historia, la cultura, la realidad. Kafka pensó que todo eso solo eran construcciones, supersticiones humanas, frágiles y lamentables, y las borró de sus novelas. A mí eso me mata de risa. Con lo que se esforzó el gran Balzac por pintar la Francia de su tiempo o Galdós con la España del suyo, cuando lo que ambos estaban pintando en realidad era una ilusión, una superstición, un delirio social. Para eso, mejor escribir directamente sobre esa ilusión, como hizo Kafka.

Kafka sabía que el pasado no existe, no está aquí, no se puede tocar. Eso lo dijo también el escritor británico Ballard, quien escribió lo siguiente: «Creo en la inexistencia del pasado, en la muerte del futuro, y en las infinitas posibilidades del presente».

Por eso Kafka es una isla, en donde está él solo. Es la mayor excepción habida en la historia de la literatura. Lo llamamos escritor porque escribía, pero si tuviéramos que definirle conforme a lo que escribía deberíamos llamarlo extraterrestre.

Esto que digo lo vio muy bien un excelente crítico literario, nada menos que George Steiner, quien dijo que las alegorías de Kafka tenían la fuerza de los creadores de religiones. Yo estoy de acuerdo con Steiner. Por eso hay un efecto misterioso en Kafka y es que te da alegría.

Yo leo a Kafka y me pongo contento. Esto, si la memoria no me falla, lo hablé con el novelista y amigo Lorenzo Silva, quien es uno de los admiradores de Kafka más importantes que hay en España. Lorenzo es un kafkólogo impresionante. Lo sabe todo sobre Kafka, lo ha leído todo.

A lo largo de mi vida he ido conociendo a muchos escritores fascinados por Kafka. Parecemos una pequeña congregación.

No recuerdo en qué momento hablé del asunto de la alegría kafkiana con Lorenzo Silva, o puede ser que lo leyera primero en un artículo suyo sobre Kafka y luego lo habláramos en persona. Resulta chocante, pero Kafka te pone de un excelente humor.

Cada kafkiano que me he encontrado en esta vida me ha dado una lectura nueva. Y todas se suman. No hay una lectura de Kafka que anule a otra. Todas forman un edificio mortalmente hermoso.

Y el pobre Kafka no lo vio.

Menos mal que no lo vio, eso hubiera sido horrible para él. Horrible porque habría sido la confirmación de que todo su mundo moral, íntimo, literario era real.

No creo que a Kafka las cucarachas le dieran asco. Un caballo te da alegría y una cucaracha asco, ¿dónde está escrito eso? ¿Lo dijo Aristóteles? Es como si para Kafka no hubiera existido Aristóteles.

Porque también hay una enorme belleza y libertad en elegir ser una cucaracha y no un esbelto caballo o un poderoso tigre.

Es un problema de humildad, siendo el problema de la humildad algo central en toda la obra y la vida de Kafka.

Hay una cuestión fundamental con Kafka: no lo hemos dejado descansar en su tumba, bajo el célebre túmulo en que yace y que ahora es un atractivo turístico más. Cuando metieron su cadáver allí dentro, en el cementerio de Praga, solo estaban enterrando a un ser humano más de entre los que fueron muriendo en ese tiempo. Ya por fin dejaba de estar vivo.

No sabemos cómo fue ese entierro, aunque hay noticias de la gente que estuvo presente y de los llantos de su novia. Pero no está filmado. No, no nos podemos ni imaginar cómo fue ese entierro. Nada de nada, La nada pura de la imaginación. Por ejemplo, ¿hacía calor? Por ejemplo, ¿cómo era el ataúd, de qué clase de madera, cuánto costó? Por ejemplo, ¿quiénes eran los enterradores?

¿Cuándo nacieron y cuándo murieron? Todas estas preguntas son también Franz Kafka. ¿Qué pensaron los enterradores del ser humano al que estaban dando tierra? Algo pensarían, todo eso es Kafka, son milagrosas preguntas kafkianas.

A mí me habría encantado estar en ese entierro. Me habría gustado verlo muerto. Vivo o muerto, pero verlo. Ahora solo tenemos las fotografías, que no son Kafka en modo alguno.

Pero ¿quién es Kafka?

Kafka son todas las preguntas irresolubles del mundo. Cuando te haces una pregunta de respuesta imposible, Kafka está detrás de esa pregunta.

Su amigo íntimo Max Brod, que estaba enamorado de la literatura de Kafka, se empeñó en sacarlo de la tumba.

Pobre Kafka: un montón de huesos que no saben que son Kafka. Habría que desenterrarlo y a través de la IA permitir que dijera algo al respecto.

Di algo, Franz Kafka, di si todavía nos ves.

Lo que quiero decir con esto es que el Franz Kafka histórico y el Franz Kafka dueño de la literatura universal son dos personas distintas. Y sin embargo, biológicamente son una sola, y para encontrarla habría que exhumar sus restos.

¿Puede haber mayor tesoro en el mundo que tener la calavera de Kafka en tu despacho y cogerla con tu mano derecha todos los días y mirarla una y otra vez?

¿Es posible que un escritor se meta así en tu vida? ¿No es una chifladura del lector? ¿No es una mitomanía?

Quienes han leído a Kafka de verdad, quienes somos sus amigos, sabemos que no es una chifladura. Es su presencia la que nos envuelve. Al primero que le pasó esto fue a Max Brod.

Los lectores de Kafka somos todos descendientes de Max Brod. Descendientes de una fe, de una perseverancia, de una fuerte convulsión personal, de una admiración que va más allá de la admiración y no sabríamos qué palabra encontrar, porque a Brod le costó mucho a finales de los años 20 encontrar editor para la obra póstuma de un desconocido.

No se puede leer a Kafka sin entender que leemos la fe de Max Brod. Yo he discutido con un montón de gente en mi vida sobre este asunto. Gente que ningunea e insulta a Max Brod, porque leyó la obra de Kafka desde el judaísmo y desde el sionismo, e hizo una interpretación teológica de la misma. Si la obra de Kafka está entre nosotros se lo debemos a la fe de su amigo y hermano del alma, se lo debemos a Max Brod.

No he visto en mi vida amistad más hermosa que la que hubo entre Franz Kafka y Max Brod.

Esa amistad afirma la vida hoy.

Gracias a esa amistad mi vida es mejor hoy.

Es uno de las mayores triunfos de la literatura, y por tanto de la vida: Brod y Kafka fueron amigos siempre, y lo seguirán siendo hasta que el sol abrase la tierra. Incluso después lo seguirán siendo, pues desde un punto de vista kafkiano cabría pecar de cierta euforia al pensar que el sol puede albergar ese tipo de intenciones, tan poco prácticas en el fondo, y tan poco significativas.

Amor

Muchas veces me han preguntado la razón de que se me ilumine el rostro en cualquier conversación cultural o literaria cuando se menciona el nombre de Franz Kafka. Es el escritor que me más me ha influido en la vida, esa sería una razón objetiva y razonable. Pero eso no justifica la iluminación de un rostro. No explica la sensación de euforia y de alegría que me envuelve el corazón cuando hablamos de la vida y la obra de Franz Kafka.

Esa alegría solo se explica así: yo he amado a Franz Kafka a través de un combate que se inició en la adolescencia. La primera vez que intenté leerlo tenía trece o catorce años. Veía que era un nombre que se citaba en todas partes, que era importante, que si yo quería saber algo de literatura, y yo entonces albergaba ya una vocación de escritor, tenía que leer a Kafka.

Uno de los grandes misterios de mi vida es la razón por la que mi padre compró las obras completas de Franz Kafka en edición de lujo, papel biblia, en dos tomos, editados por Planeta, en 1973, que recuperaban una edición argentina de la Editorial Emecé, de 1960.

Sería en el año 1977 cuando me atreví a rasgar el celofán de esas obras completas, pues mi padre no leyó nunca a Kafka. En realidad, esos libros, encuadernados en piel roja, eran para mí, si es que eran para alguien.

Nunca le pregunté a mi padre por qué demonios compró las obras completas de Franz Kafka en 1973, ni a quién se las compró. Porque Kafka iba a cambiar mi vida. No en 1977, porque entonces yo no era más que un adolescente tímido, asustado y acomplejado y sin capacidades para entender a Kafka.

No fue hasta 1994 cuando me leí las obras completas de Franz Kafka en la edición heredada de mi padre. Fue en el otoño del 94 cuando las leí, y lo hice en un lugar propicio. Ahora entiendo que Kafka se me revelara en un lugar kafkiano, y tiene, como siempre ocurre con el autor de *La metamorfosis*, su lado cómico.

Me fue revelada la comicidad amorosa del mundo en el pueblo turolense de Utrillas, en donde compartía piso con dos compañeros de trabajo. Me encontraba ejerciendo de profesor de lengua y de literatura en el instituto de Utrillas, en donde me habían dado mi primer destino definitivo como funcionario de carrera.

Era funcionario, absolutamente funcionario, como Kafka.

Yo creo que de no haber sido funcionario no se habría producido la revelación. Hacía mucho frío en Utrillas, y mis clases terminaban a las dos del mediodía, a veces a la una.

El piso tenía tres dormitorios, una vasta sala de estar, un cuarto de baño, una cocina y un cuarto muy pequeño destinado exclusivamente a la caldera de gasoil que se encargaba de calentar ese piso enorme y desangelado.

A mí me tocó, sin embargo, una habitación más bien pequeña, desde la que se oían las campanas de la iglesia. Tenía mi cama y mi armario y mi mesa de trabajo. Y comencé a leer los dos tomos de las obras completas de Franz Kafka en esas tardes vividas en una soledad que era una mezcla de espanto, frío y bruma.

Y entendí a Kafka.

Me enamoré de Kafka.

Y me di cuenta de que si las novelas de Kafka eran literatura, yo también quería ser escritor. Vi un camino oculto que comunicaba a Cervantes con Kafka, saltándose toda la literatura del siglo XVIII y el realismo del XIX.

Me leí las tres grandes narraciones póstumas e inacabadas en este orden: *El castillo*, *El proceso* y *América*, en mi habitación de un piso cuarto de una casa de Utrillas a la que no volví jamás, mientras sonaban las campanas de la iglesia y yo calmaba mi soledad con un amor nuevo: Kafka.

Entendí las tres novelas con una facilidad pasmosa, todo me fue revelado, oí la voz de Kafka que me decía «has tardado en venir, pero qué bien que hayas venido, un honor y un placer conocerte».

Y me convertí en otro hombre.

En un hombre enamorado.

Luego me fui dando cuenta de que éramos miles y miles los que amábamos la literatura de Franz Kafka.

Kafka vino a mí en la provincia española de Teruel, a mediados del los noventa, cuando aún existían las pesetas. Y escribí por aquella época este breve relato:

Me encontré a Kafka viviendo en Teruel, en un piso viejo, cerca de la plaza del Torico.

—¿Pagas mucho por este piso, Franz?

—No, más bien poco, quince mil pesetas al mes.

Claro que el piso no tiene calefacción ni agua caliente. Franz se calienta con una estufa de butano. Las baldosas del suelo están rotas y se mueven cuando las pisas. En cambio, las puertas tan apenas se mueven, están empotradas. En el váter es donde más frío hace porque el cristal de la ventana está roto, a lo que hay que añadir el marco de madera cuarteada o podrida de la ventana, que deja pasar el aire claramente. En la sala de estar hay un calendario con un bodegón. Es un calendario de propaganda. La cama de Franz tiene cinco mantas.

—Casi me ahogo ahí debajo —dice ahora Franz, mientras me enseña su dormitorio.

Sobre la mesilla del dormitorio hay un marco con la foto de sus padres. Sobre una silla, plegado, descansa el enorme abrigo negro de Franz; encima del abrigo, su sombrero.

Anestesia

Todo es más sencillo de lo que parece. Muchos hombres y mujeres, a lo largo de los tiempos, han necesitado mitigar su dolor. Puede ser un simple dolor de cabeza. Puede ser que les pique el cuero cabelludo. Puede ser el asma. Puede ser la culpa. Puede ser cualquier cosa.

El mundo ofrece anestesia.

Hay muchas: el sexo y el amor, por ejemplo. El alcohol. La familia. El café. El deporte. La vida es ir probando la anestesia que más te convenga.

Franz Kafka encontró una que le aliviaba: escribir. Y ese es el comienzo de todo lo que tiene que ver con Kafka, la búsqueda de un analgésico.

Cuando se pasaba las noches en vela escribiendo, estaba haciendo algo que le daba, si no placer, una ausencia del dolor. Que a través de esta forma de anestesia Kafka consiguiera hacerle de manera involuntaria un agujero del tamaño del océano Pacífico a la historia de la literatura en la tierra fue como un daño colateral.

Arte

Franz Kafka no escribió ni una sola palabra que no contuviera todos los misterios de la vida y de la muerte. ¿Cómo lo hizo? Ni una descripción accesoria, ni un adjetivo prescindible, ni un sustantivo de más, ni un verbo sin cuchillo dentro.

Esto es un prodigio, porque no se da en ningún otro escritor. No se da ni en Cervantes ni en Shakespeare ni en Proust ni en Tolstói.

Esto pasa solo en Kafka.

Es arte todo el rato, no hay marco como en *Las meninas* o en *La Gioconda*.

Todas las frases son importantes.

Todos los diálogos de las narraciones de Kafka son trascendentes, insustituibles, mágicos y no contingentes.

A esto solo puedo llamarlo arte.

No vale la pena leer literatura si no llegas a Kafka.

Amo la literatura si está Kafka dentro, si Kafka no estuviera dentro de la literatura, la literatura sería como la marquetería, el aeromodelismo, la petanca o las oposiciones a notario.

No me enseñaron la literatura de Kafka en la universidad, donde curiosamente estudié literatura, ¿tiene explicación eso?

Kafka salva también del subdesarrollo.

Kafka salva también de la ausencia de Kafka.

Que no te expliquen a Kafka en una carrera de literatura en una universidad española es kafkiano, por tanto está bien, es correcto, es digno y bueno.

No hay nada que delate más a alguien que habla de literatura que el hecho de si ha leído o no a Kafka.

A los tipos o tipas que pontifican sobre la literatura sin haber leído a Kafka se les caza (se les kafka) al segundo. Son tontos de toda tontería.

Sin Kafka, solo hay terraplanismo en la literatura, eso quería decir.

Y no quiero faltar a nadie, pero estas palabras las dicta mi corazón. Cómo te vas a enamorar de Flaubert con lo feo que era y lo gordo que estaba o de Tolstói con esas barbas miserables, de cura chiflado.

¿Puede la literatura encarnarse en un cuerpo humano bajo una forma específicamente literaria?

El rostro de Franz Kafka y su sonrisa inadmisible.

Automóvil

Es difícil entender la vida de Kafka, y por tanto su obra, sin tener en cuenta que el motor de combustión y el automóvil y las carreteras eran sumamente infrecuentes en las tres grandes ciudades de su vida a principios del siglo XX: Praga, Berlín y Viena.

No existía la prisa.

Solo había trenes, pero no coches.

Es importante.

Las ciudades eran de la gente que paseaba.

Esa falta de prisa, esa lentitud, preside la obra de Kafka.

Bauer, Felice

Ochocientas páginas editadas suman el epistolario entre Kafka y su eterna prometida Felice Bauer, a quien conoció en Berlín, en 1912. Kafka quería casarse con ella y estuvo a punto de hacerlo varias veces, pero al final siempre rompía el compromiso. En una de las fotos más famosas de la historia emocional de la literatura se les ve juntos: ella, sentada; Kafka, de pie. Era una foto de compromiso oficial.

Retrato de Franz Kafka y Felice Bauer.
© Album/Fine Art Images.

He visto esta foto un millón de veces, yo creo que es más importante esta foto que cientos y cientos de novelas que fueron publicadas en el siglo XX en todas las lenguas de cultura y que nadie, absolutamente nadie, lee hoy. La muerte de la literatura son los libros que no lee nadie. En cambio, uno ve esta foto de Felice y Franz y se queda enamorado, con ganas de saber qué demonios pasó allí, qué fue de ese noviazgo, y entonces esta foto te obliga a leer a Kafka.

A mí las fotos de Felice y Kafka me abrasan el corazón.

Pero no, al final Kafka no se casó con Felice Bauer. Ahora diríamos que estuvieron tonteando unos cuantos años, unos cinco años. El caso es que Kafka se pasó esos cinco años escribiendo cartas y cartas a esa mujer.

Estaba enamoradísimo de ella; y ella de él.

¿Qué pasó?

No lo sabremos nunca, hay mil teorías, como ocurre siempre en la vida y la obra de Kafka: mil teorías.

Kafka le tuvo un miedo atávico e irracional al matrimonio. Pensó que no estaba preparado sin reparar en que nunca jamás nadie está preparado para el matrimonio. Lo que él sí advirtió y lo escribió es la violencia que entraña el matrimonio sobre el hombre o la mujer. Hemos naturalizado o incluso blanqueado el matrimonio. Kafka vio el matrimonio al desnudo, y vio que el matrimonio suponía la pérdida de su identidad y también la más grande finalidad de la vida de los seres humanos: la libertad. Toda un paradoja kafkiana, pues Kafka deseaba ser un hombre casado.

Felice se casó en 1919 con Moritz Marasse, con quien tuvo dos hijos. Casarse con la novia o exnovia de Kafka yo creo que requería un valor sobrenatural. Ante la llegada del nazismo Felice y su marido huyeron de Berlín, donde residían, y acabaron viviendo en Estados Unidos. Felice se quedó viuda en 1950 y en 1955 vendió las cartas de Kafka a Salman Schoken. No sé cuánto dinero le dieron, yo creo que bastante.

Parece que todos los que conocieron o amaron a Kafka tenían claro que había que conservar sus cartas, cualquier tipo de carta, lo que fuese, un dibujo, una lista de la compra. No ocurrió al revés, porque todas las cartas que le fueron enviadas a Kafka o se perdieron o no gozan de valor en sí mismas.

Cuando Felice Bauer huye de Berlín con su marido en 1930 no olvida llevarse las cartas de Kafka. ¿Sabía ya que valían un dineral? Al fin y al cabo no eran más que las cartas de un novio con pretensiones de escritor. En 1930 ya era más conocido gracias a que Brod se puso a editar las novelas póstumas de su amigo. Pero en los años que dura el epistolario, entre 1912 y 1917, Kafka solo era un pretendiente obsesivo, con dudas y delirios psicológicos insufribles.

Y sin embargo, todos tenían fe en Kafka, tal vez fuese por la letra efe.

Todos huyeron de los nazis con una maleta llena de cartas de un tuberculoso desconocido.

¿Por qué lo hicieron?

Huir de los nazis con manuscritos y cartas en el equipaje no parece muy práctico, pudiéndote llevar oro y joyas o aunque solo fuesen camisas y calzoncillos o vestidos y zapatos, o fotos familiares, fotos de la boda de tus padres.

Pues no.

Se llevaron todos y todas las cosas de Kafka.

La vida de Kafka marcó a todos los seres humanos a quienes trató y conoció. Todos salieron transformados. Convertidos en otra cosa, y lo sabían.

Me alegro mucho de que Felice le sacara una pasta a esas cartas. Porque la fe sin dinero como recompensa parece una frivolidad.

Felice murió en Rye, Nueva York, en 1960.

Sobrevivió a Kafka treinta y seis años y todos los días de esos treinta y seis años, absolutamente todos los días y a todas las horas de esos días, pensó en él. Ya cuando Kafka cumpliera tres décadas de muerto en la memoria de Felice iría asomándose la irrealidad, el vacío, la nada, el sueño.

O tal vez no.

Es la historia de amor más enigmática del mundo.

Todo cuanto tuvo que ver con Kafka abrasa, quema, tortura y alegra.

Años cincuenta en Estados Unidos: una mujer judía de lengua alemana con un montón de cartas de un hombre perdido en una tumba de Praga.

Y los *corn flakes* delante para desayunar.

Y Elvis Presley sonando ya en la radio.

La aceleración de tiempo y espacio es una aceleración kafkiana.

Después de leer las ochocientas páginas que constituyen las cartas que Kafka mandó a Felice Bauer solo se me ocurre decir que Kafka estaba loco. Lo malo es que esa locura es transparente. Lees esas cartas y ves el egoísmo brutal de Kafka. Un egoísmo que le destruía.

El obstáculo fundamental para que Kafka se casara con Felice Bauer fue eso que el praguense llamaba «mi trabajo». No lo llamaba mi obra literaria. Lo llamaba «mi trabajo»; ni él mismo sabía qué demonios era su trabajo.

Menos mal que no se casaron.

Salió beneficiada Felice Bauer.

Si se hubieran casado, Kafka no habría sido feliz, era imposible. Imposible la felicidad de Kafka sobre la tierra porque Kafka es Kafka a modo de una maldición.

Pensó que si se casaba su ser se extendería o se derramaría sobre el alma de otra persona. Y no, no quería eso. Quería que su persona quedara encerrada en sí misma, en su máxima concentración que suponía su máximo poder. Pero también quería que Felice entendiera su egoísmo, quería que le entendiera en todas las formas de su psicología, las visibles y las invisibles. Quería que le ayudara a llevar su cruz. Pobre Felice Bauer. Pobre Kafka también. Pobres de nosotros, igualmente. La alta causa de su trabajo le impidió casarse. Lo increíble es que su trabajo era imaginario.

Las cartas de Kafka a Felice Bauer son el infierno sobre la tierra. Si las lees, te abrasas.

Porque Kafka también fue un demonio. Un maldito demonio. En una carta lo reconoce, dice que existen dos Franz: el hombre que vive para el mundo y el hombre que vive para «mi trabajo». Este segundo le jodió la vida. No puedo emplear otro verbo, lo siento.

Se vio a sí mismo, lo dice en una carta, «eternamente atado a mí». Y no quiso o no supo desatarse. Así que se quedó soltero, convirtiéndose en el mejor soltero del mundo. Un artista de la soltería.

Por otra parte, nacemos solteros y solteros morimos. Esa unidad de cuerpo, identidad y vida propia en Kafka alcanzó una dimensión terrorífica, tal vez porque supo ver la verdad desnuda de nuestra soledad biológica. La mayoría de la gente se casa o vive en pareja, porque es incapaz de ver la esencia de esa unidad. Leyendo estas cartas larguísimas, uno se da cuenta de que la vida de Kafka y Felice sigue latiendo, al modo de los fantasmas de acero.

Bibliografía

Los libros y artículos y opiniones que se han escrito sobre Kafka en todas las lenguas del mundo son inabarcables. Todo el mundo ha dicho algo relevante sobre Kafka. No solo otros escritores y profesores y expertos, sino lectores anónimos.

¿Por qué?

Porque es imposible leerlo y callar.

Es evangélico, es la buena nueva, claro que la buena nueva es tan solo un hombre que no quiere estar ni ser.

No hay ser humano sobre la tierra capaz de leer a Kafka y luego callar. Obliga a la conversación. Obliga a que hables de él.

¿Lo buscó intencionadamente?

En absoluto.

Es otra de las grandes singularidades kafkianas: su obra mete tantas cosas en tu corazón que alcanzas una ebriedad sofocante que te obliga a tomar la palabra en público.

Yo he sufrido este suplicio. Mira que he leído novelas y libros que no me obligaban a decir nada después, y eran buenos libros. La obra de Kafka te lleva a la acción, incluso a la charlatanería.

He leído cientos de novelas excelentes, tras cuya lectura me sentí feliz pero no era necesario la apología infinita. Eran novelas intransitivas. Las obras de Kafka son todas transitivas.

Necesariamente transitivas.

Las literaturas transitivas fundaron religiones.

Ahora ya no las fundan, pero nos lo recuerdan, y ese es el caso de Kafka, el recuerdo de la fundación de religiones que llevó a cabo la literatura.

Cuando descubres esta dimensión de la obra de Kafka, se aparece ante ti una puerta.

La abres.

Dentro hay un despacho y un hombre trajeado escribiendo.

Fuera nieva.

Es Kafka, que quiere que lo veas un segundo.

Luego, todo ha sido una sugestión.

Me gusta y no me gusta abrir esa puerta. Siempre la acabo abriendo, pero al envejecer me canso de esa puerta.

Claro que si renunciara al amor a esa puerta, ¿qué me quedaría entonces? Posiblemente la muerte y la nada.

A veces abres esa puerta y allí adentro hay un ángel con coronas de luz, y tu corazón siente un placer que no tiene escritura.

Otras, un ser sentado, con corbata, con el pelo engominado, que escribe irrefrenablemente y te mira con una sonrisa que no admite interpretación.

Las peores veces es cuando abres la puerta y no hay nada ni nadie.

Blanchot, Maurice

Maurice Blanchot (1907-2003) fue un intelectual y crítico literario francés que escribió un libro titulado *De Kafka a Kafka*. Blanchot escribió una verdad fundamental sobre Kafka, que es esta: «Admitamos que para Kafka escribir no sea una cuestión estética, que su personaje sea, no la creación de una obra literariamente válida, sino su salvación, el cumplimiento de ese mensaje que está en su vida». Ahora bien, la forma en que Kafka metió su vida en su obra literaria es un misterio.

Si crees, lector que pasas por esta página, que la existencia y la vida humanas no son un misterio, muy probablemente Kafka no te diga nada. Kafka habla a quienes no entienden el significado de la vida. Aman ese significado, pero no lo entienden. Todo está lleno de criaturas demoniacas en la obra de Kafka. De hecho, en su obra cumbre, en *El castillo*, todos los personajes son una pesadilla insoportable. Forman un ejército de vampiros. Qué clase de gente es esa que aparece en *El castillo*. No parecen humanos, tal vez por ser tan humanos.

¿Es una pesadilla religiosa?

Sin duda.

Kafka es religión, sí. Esto es muy perturbador. No sabemos nunca de qué nos está hablando en sus obras, pero sí sabemos que conoce perfectamente aquello de lo que nos está hablando.

Solo él ve aquello de lo que nos está hablando. Sin embargo, el lector tiene la certeza de que lo único que hace Kafka es trasmitir objetivamente lo que está viendo.

Así construye un acercamiento al misterio de la vida, donde el terror y el amor se funden en un sentimiento nuevo, que es indefinible, que solo puede ser dicho a través de las narraciones kafkianas.

Bloch, Grete

Grete es una mujer que pasó por la vida de Kafka de una manera kafkiana. Era amiga íntima de Felice Bauer, la prometida de Kafka. Grete visitó a Kafka en Praga para sondear su amor hacia Felice.

Hasta aquí todo razonable.

El problema es que Grete Bloch escribió y manifestó años después que tuvo un hijo con Franz Kafka, y que

este hijo murió y que Kafka nunca lo supo. Grete fue asesinada por los nazis en 1944.

Max Brod cree que es verdad que tuvo un hijo de Kafka.
El gran biógrafo moderno Reiner Stach no lo cree, o es ag-
nóstico en esto, no encuentra documentación, o no le
basta la palabra de Grete.

Pero Brod sí lo cree, y para mí todo cuanto dijo Brod
de Kafka es sagrado.

Sea como fuere, solo hay muerte por todas partes: muere el hijo supuesto de Kafka y muere la madre con poco
más de cincuenta años.

O desgarrador, o kafkiano, no cabe otra posibilidad de
interpretar el paso de la vida de Grete sobre la de Kafka.
O más bien el matrimonio de las dos palabras: desgarrador y kafkiano.

¿Se amaron?

Dios lo quiera.

Borges, Jorge Luis

El escritor argentino Jorge Luis Borges supo que Kafka
era el más grande escritor de la historia. Como lo sé yo,
como lo sabemos unos cuantos. Una vez le preguntaron
qué diferencia había entre él y Kafka. Y Borges dijo que
les unía el fuego, que sus libros también eran de fuego,
pero los suyos eran fuegos de artificio, de logrado e inspi-
rado y vistoso artificio, fuegos de la inteligencia siempre
aplaudida, pero que el fuego de Kafka procedía del incendio de un orfanato.

Brod, Max

Pongámonos de rodillas, o en fin, un poco serios, se entiende lo que quiero decir, vamos a hablar de Max Brod.

La obra de Franz Kafka es la fe de un hombre llamado Max Brod, que creyó que los papelajos que había dejado su anónimo amigo tras su muerte contenían el santo grial de la literatura.

Max Brod fue el otro nombre de Kafka.

Kafka es la fe de un hombre en la literatura, un hombre bondadoso llamado Max Brod.

Aquí existe uno de los grandes enigmas de la historia de la literatura universal. De hecho, este enigma cambia el concepto de historia de la literatura tal como lo veníamos entendiendo, sobre todo desde las historias nacionales de los países cultos del siglo XIX.

Max Brod nació en Praga en 1884. Era más joven que Kafka, se llevaban un año. El libro más importante que se ha publicado sobre Kafka lo escribió Brod en 1937, bajo el título de *Franz Kafka. Una biografía*. Fue traducido al español en Buenos Aires en 1951. No sé si hubo una traducción anterior. No soy un académico ni un catedrático de universidad, si ellos lo saben, que lo digan, y si no dicen nada da igual.

Pero repito esa certeza: el mejor libro que se ha escrito sobre Kafka es el libro de Max Brod, y quien diga lo contrario es que no tiene corazón.

Publicó ese libro trece años después de la muerte de Kafka. Comenzaría a escribirlo, imagino, a los ocho o nueve años de su muerte. Los muertos jóvenes, y un muerto de siete u ocho o nueve años, es aún joven, aún hablan con voz notable a los amigos vivos.

Hay una foto de Brod y Kafka en la playa. Van los dos en bañador y sonríen. Otra foto que hace llorar, porque se les ve felices, jóvenes y contentos, de vacaciones. Kafka era mucho más alto que Brod; se nota, en la foto, en la longitud de las piernas de Kafka. Sin embargo, esto, que normalmente dificulta la amistad entre seres humanos, aquí no fue ningún problema. Esta foto de la playa de Brod y Franz tiene magia: siguen vivos en alguna parte, eternamente amigos. Todas las fotos en donde sale Kafka convierten en ángeles misteriosos a quienes le acompañan en la instantánea.

Normalmente la gente tiende a tener amigos de su misma estatura física. Nadie confesará esto abiertamente porque es inconfesable, por el atavismo y por el primitivismo que contiene tal elección, pero suele ser así, la gente elige amigos de estaturas parecidas, con dos o tres o cinco, como mucho, centímetros de diferencia. Pero no veinte.

El libro de Brod sobre Kafka es un libro que a mí me hace llorar, como me hace llorar esta fotografía de los dos amigos en la playa, sonriendo, felices. Es el mejor libro del mundo que se ha escrito sobre Kafka. Y se han escrito miles de libros y se ha escrito una biografía extraordinaria como la de Reiner Stach, el experto en Kafka más experto de los últimos treinta años, el que sabe más de Kafka que el propio Kafka. A veces pienso que Kafka sale de la tumba y se lee las biografías escritas sobre él y comienza a gritar «pero quién es ese Franz Kafka».

Que te quieran de verdad, eso lo es todo en esta vida.

Brod amaba a Kafka.

Y Kafka amaba a Brod.

Fotografía de Franz Kafka y Max Brod. © Archiv Klaus Wagenbach

Es verdad la amistad en el mundo, eso dice el libro de Brod sobre Kafka, por eso lloro cuando lo leo. El año pasado, en 2024, se celebró el centenario de la muerte de Kafka. Nadie hablaba de Brod, solo yo, porque Kafka me lo decía: «Habla de Max, porque yo estoy en el mundo por Max, hazlo, viejo Vilas, habla de Max».

Lo llevo haciendo toda la vida, porque hubo un desprecio generalizado a Max Brod por parte de kafkianos que vinieron después. Esto siempre me ha parecido repugnante. Intelectuales, escritores, profesores, filólogos que se metían con Max Brod por haber manipulado el significado de la obra de Kafka. Pero serán piojosos. Sin Brod, no habría Kafka.

La obra de Kafka es la fe de Max Brod.

Brod y Kafka son la misma persona. No una dualidad, sino una simultaneidad.

Broma

Todo cuanto existe, desde el mundo de la naturaleza al mundo creado por la especie humana, puede ser considerado como una broma, pues carece de sentido, de finalidad, y de significado.

Por eso Max Brod dijo esto sobre Kafka: «Lo confuso y malignamente cómico del mundo lo ve con mayor intensidad que cualquier otro ser humano».

La vida es una broma cómica, pero deliciosamente maligna, y el hacedor de esa broma es un agujero invisible o una inexistencia. Se puede despreciar a la especie humana y a la belleza de la naturaleza, o enamorarse de las dos cosas. En ambos casos, a la broma le da igual. Le resulta indiferente si la despreciamos o la amamos, y esta es otra forma de broma.

Kafka veía la insustancialidad de la Historia y de la Vida. Lo vio también Einstein por la misma época que Kafka. Es más convincente Kafka que Einstein. Y más útil.

Canetti, Elias

El escritor centroeuropeo Elias Canetti, premio Nobel de literatura en 1981, se obsesionó con Kafka, de una manera muy parecida a la mía. Yo creo que era otro enamorado de Kafka, pero más pudoroso. Canetti escribió cosas maravillosas de Kafka en el libro *Sobre Kafka. El otro proceso.*

Canetti se dio cuenta de que Franz Kafka había construido a través de su obra y de su epistolario con Felice Bauer un camino de perfección. Se había elevado sobre el mundo, sobre el tiempo y sobre la historia.

Canetti hablaba con Kafka, como yo.

Cuando entras en la gravitación kafkiana te pones a hablar con Kafka en cualquier momento del día, como hacen los cristianos con Dios, o los ministros con el presidente del Gobierno, o nuestro presidente del Gobierno cuando consigue hablar con el presidente de Estados Unidos, cosa que prácticamente no ocurre nunca. Hablamos los kafkianos más con Kafka que el papa de Roma con Dios.

Canetti se comparaba con Kafka. Era su modelo. Modelo de vida, no solo de literatura. Porque hay muchos seres humanos en este mundo a quienes solo nos queda el consuelo de que Franz Kafka estuvo aquí, en la vida, y escribió.

Así que nos ponemos a hablar con Kafka.

El problema es que Kafka contesta a nuestros ruegos.

Canetti no sabía explicar a Franz Kafka, como sí sabía explicar a todo escritor habido y por haber.

¿Qué vio en la obra y en la vida de Kafka?

Lo sobrenatural.

Escribe Canetti: «Con Kafka llegó al mundo algo nuevo». Y seguimos intentando saber qué es lo que llegó. Solo sabemos que llegó algo nuevo.

Y maravilloso.

Canetti pensó lo mismo que pienso yo: Kafka como ser humano era la bondad absoluta, pero su literatura era la maldad absoluta que emana como consecuencia de la bondad absoluta. El dios de Kafka vive ajeno al bien y al mal, porque el bien y el mal son asuntos insignificantes para ese dios, cuya principal omnipotencia es su inexistencia o su invisibilidad.

Elige entre inexistencia o invisibilidad.

Kafka se reiría de nosotros ante ese dilema inexistente, o más bien infantil.

La maldad es todo, pero de repente Kafka te coge de la mano.

Kafka no fue humillado por la muerte, como todos los seres humanos que han existido, existen y existirán.

Canetti dijo: «Me gustaría desaparecer en Kafka, permanecer en sus frases, no escuchar ninguna más, expirar y enmudecer».

Yo deseo lo mismo que Canetti.

Cansancio

A veces da la sensación, sobre todo en los epistolarios, en el de Felice Bauer y Milena Jesenská, de que Kafka estaba cansado de sí mismo. Cansado de ser quien creía ser, y quien creía ser era un enigma aburrido. En ambos epistolarios muestra una personalidad laberíntica, intensa, y atractiva. Parece el hombre más amable del mundo y el hombre más cansado de los sinuosos laberintos de su psicología.

Yo creo que siempre estuvo bajo el dominio de una depresión gigantesca. Afortunadamente una depresión funcional; no le dejó tirado en una cama; no le impidió amar y ser amado; no le impidió trabajar catorce años en la compañía de seguros como abogado de prestigio; solo le impidió ser normal y escribir novelas normales. No son normales sus novelas. Tampoco sus cuentos. Toda su literatura es disfuncional con arreglo a lo que la historia de la literatura ha venido conformando como clasicismo y modernidad. Kafka no encaja en ninguna parte.

Y lo más kafkiano de todo es que él, Franz Kafka, solo ansiaba la normalidad.

Tener una mujer y unos hijos se convirtió en una épica inalcanzable. Se cansó de estar soltero. La soltería fue su perdición, pero el matrimonio también lo habría sido. No había destino humano razonable para él salvo el cansancio de sí mismo.

Carta al padre

La *Carta al padre* de Kafka es una carta real, que Kafka le escribió a su padre, pero que nunca fue entregada, menos mal, pobre padre. Apareció entre los manuscritos, como un tesoro que estaba allí, durmiendo. Fue escrita en 1919, es decir, cuando Kafka ya tenía encima el diagnóstico de la tuberculosis, que se produjo en 1917. En verdad la única relevancia que tiene la tuberculosis es que fue la enfermedad de Kafka. Imagino que eso la tuberculosis lo sabía. Necesitaba hacerse famosa.

La carta se publicó por primera vez en 1952.

Si Kafka hubiera tenido hijos, no habría escrito esta carta. Está llena de reproches a su padre, Hermann Kafka. El escritor centroamericano Augusto Monterroso sostuvo una idea maravillosa, dijo que en el enfrentamiento y discusión que trasluce esta carta al padre de Kafka quien tenía razón era el padre y no Kafka.

Yo, que tengo sesenta y dos años, lloro siempre que leo esta carta al padre. Da igual quién tuviera razón en esa discusión interminable y atávica entre padres e hijos. Lo relevante de esta carta es que cuando la lees tienes una sensación intensísima de realidad. Como si padre e hijo siguieran vivos en esa carta. Fue escrita hace más de cien años, pero no se notan.

Ciento cinco años que no se notan.

Parece escrita ahora mismo.

No está erosionada por el tiempo.

No se ha oxidado como se oxida una bicicleta a la intemperie.

La carta, una vez leída, ensancha tu corazón, tu piedad. Acabas viendo a padre e hijo como si estuvieran vivos en este instante, como si se acabaran de sentar a comer en la casa familiar, como si ninguno de los dos fuese un cadáver con un siglo encima.

Es un triunfo de la literatura, ¿por qué es tan bella esta carta? Porque Kafka estaba loco y su padre era una especie de Dios. Se abren abismos morales en tu corazón cuando lees esta carta.

¿Se querían padre e hijo, hijo y padre?

Después de leer la carta, yo diría que no se querían demasiado, al menos en la carta no se querían, pero más allá de eso lo que yo me pregunto es la mejor pregunta que cabe hacerse desde la historia de la literatura: si Hermann Kafka se levantara de la tumba y leyera la carta que le escribió su hijo en 1919 y contemplara que es la carta literaria más famosa de la literatura universal, ¿qué haría? Yo creo que se sentiría orgulloso, al fin, de su hijo.

Todavía más cosas: esta carta de Kafka parece inmortal. Salva a dos personas de la muerte, la extinción y el olvido.

Sí, esta carta es un milagro.

Vale la pena tener hijos para ver si te escriben una carta como esta. Ojalá a mí mis hijos me escriban una carta así.

¿Por qué?

Por la belleza absoluta.

Ningún padre en la historia de la humanidad ha recibido una carta como esta. Kafka hizo de su padre el padre más famoso del mundo.

Sin embargo, y he ahí el asunto principal, el destinatario jamás recibió ni leyó esta carta. El segundo asunto principal, la medalla de plata, es que el padre habla en la carta. Al final de la misma hay un parlamento imaginario del padre, y ese pequeño discurso es uno de los momentos más espectaculares de la creación literaria de todos los tiempos, o de cuanto me ha sido dado leer en mi vida.

La *Carta al padre* no buscaba un ajuste de cuentas, aunque eso es lo que parece todo el rato. Digamos que la superficie es un ajuste de cuentas. Es lo que se deja ver. Lo que no se deja ver, lo que está debajo, lo realmente importante es que la carta crea un momento de eternidad, una victoria sobre el tiempo y la muerte, en la relación de un padre y un hijo.

A través de esta maravillosa carta, destinada a no ser leída nunca ni por el padre ni por nadie, viven los dos, abrazados, mortuoriamente abrazados.

Sin la *Carta al padre* la literatura universal valdría bastante poco. Siento ser tan tiránico y arbitrario, pero lo pienso.

Lo más aplastante es que se trata de una carta terriblemente moderna. Parece fuera de la historia y de las convenciones de cada sociedad y de cada tiempo histórico. La carta está escrita en un mundo sin tiempo real, fuera del tiempo, como toda la obra de Kafka.

La suspensión del tiempo es prodigiosa.

Y se querían mucho, padre e hijo, aunque no lo parezca: esa es la trampa para que la carta se agarre a tu alma.

¿La trampa?

El don sobrenatural, una inesperada forma circular de la alegría.

Si Franz Kafka se levantara de la tumba y viera que esa carta es una de las obras autobiográficas más famosas de la historia de la literatura, ¿qué diría?

No estaba destinada a la publicación.

¿A qué estaba destinada?

Esa pregunta está dentro de la carta y esa pregunta no se oxida.

Castigo

Todos seremos castigados, severamente. Da igual lo que hayamos hecho, que hayamos sido buenos o malos, seremos castigados. Por la sencilla razón de que no podemos ser recompensados.

Además castigados sin escarnio, algo discreto.

Por ello tal vez los castigos no sean tan severos como se dice, y solo consistan en alguna palabra de reprobación, casi inaudible, lo cual, en modo alguno puede verse como un hacer la vista gorda sobre nuestras evidentes faltas, esto sí que sería un grave error. Es muy simple: hay que pasar a otro expediente, no puedes demorarte con ningún expediente, hay miles y miles de expedientes.

Certificado

Kafka mandaba las cartas a Felice Bauer certificadas. Ella tenía que firmar un certificado de recepción de las cartas. ¿Cómo eran los carteros? ¿Cómo eran esos certificados?

¿Cuánto ganaba un cartero en el Berlín de la primera década del siglo XX? ¿Ocurrió esto alguna vez?

De lo que sí tengo la absoluta certeza es de que Kafka sabía que cien años después de su vida alguien se haría estas preguntas, por eso enviaba las cartas certificadas.

«china, La construcción de la muralla»

«La construcción de la muralla china» es un relato de Kafka escrito en 1917. El escritor argentino Jorge Luis Borges no habría podido escribir «El Aleph» si Kafka no hubiera escrito antes «La construcción de la muralla china», y obviamente es mejor «La construcción de la muralla china» que «El Aleph».

Este cuento de Kafka es una obra maestra. Cada palabra, cada oración, cada pensamiento del narrador es una obra maestra.

Kafka se fue a China sin moverse de Praga.

Es el mayor homenaje a China que se ha escrito jamás.

¿De qué habla este relato, cuál es su simbología?

Habla de que China es un país grandioso, lleno de regiones, de distancias inconmensurables, de millones de pueblos y de miles de emperadores que se van muriendo y a pesar de que están muertos siguen mandando emisarios a las regiones más remotas del imperio.

La muralla china tiene más de veinte mil kilómetros de longitud, ¿qué demonios hace la muralla china allí? ¿quién la hizo? ¿qué demonios hacemos nosotros mirando la muralla china?

Por eso Kafka escribió sobre la muralla china.

Por alegría.

Civilización

Todo cuanto hemos construido los seres humanos a lo largo de estos últimos tres mil años, y en especial desde el siglo XIX hasta el día de hoy, adquiere representación en la obra de Kafka a través de la humillación y de las jerarquías y de la crueldad. Para Kafka la civilización es una construcción política basada en un sistema de intercambio de humillaciones.

Las jerarquías son la civilización. La distinción de unos seres humanos sobre otros seres humanos se basa en las jerarquías, eso se advierte con suma nitidez en su obra cumbre *El castillo*, pero esta idea de las jerarquías como filosofía moral del mundo está en casi todo Kafka.

La humillación y la crueldad son la argamasa y los ladrillos de la civilización. Kafka no juzga la civilización. No dice si es buena o mala. Solo la describe como nadie antes la había descrito, desde un punto de vista imposible de catalogar, y es allí donde siempre Kafka triunfa: no admite un contexto ni filosófico ni artístico, pero es una inadmisión fruto de algo que no sabemos qué es. No es un acto de voluntad artística.

No hay amor entre los personajes de sus narraciones, ni cariño, solo hay crueldad y vejaciones e incomunicación. Todos están profundamente solos ante el enigma y el enigma se revela con más humillaciones. Todos actúan de acuerdo a unas motivaciones que se vuelven oscuras, secas, acres, sobrenaturales, malignas, torcidas, y sin embargo resplandecientes en su extremada oscuridad.

Coito

¿En qué debía de pensar Kafka cuando hacía el amor? ¿Se sentiría ridículo? ¿Humillado? ¿Feliz? ¿Hacen el amor los extraterrestres? El escritor Milan Kundera se fija muy acertadamente en una escena de *El castillo* en donde se describe de una forma grosera y llena de suciedad un coito entre los personajes de Frieda y K. Es uno de los coitos más originales de la historia de la literatura. Es perturbador, sórdido, frío, y tremendamente erótico. Parece un intercambio de fluidos insanos. Pero a la vez es deslumbrante.

Es una fornicación kafkiana.

¿Se puede follar así, como lo hacen Frieda y K en *El castillo?*

Esa es la pregunta, siempre preguntas y más preguntas.

Frieda y K se acaban de conocer y ya están follando, en el suelo de un bar, detrás de la barra, como dos cochinillos, como dos ratones, como dos insectos valientes.

Tampoco cabe sacar grandes conclusiones del sexo, eso intenta decirnos Kafka. Hacer el amor parece que sí lo hacen. Se agarran y se estrujan. Pero ni Frida ni K abandonan su condición menesterosa por el hecho de que encuentren un motivo de entretenimiento.

Decepción

Uno de los grandes temas de la literatura es la decepción. Es también una de las grandes experiencias de la vida: los seres humanos conocen la decepción, el desencanto, el desengaño.

En Kafka no existe la decepción.

El rigor es tan grande a la hora de representar la vida que la decepción queda fuera. No es un tema kafkiano.

Siempre me ha llamado la atención el hecho de que los personajes no se decepcionen. Para que eso ocurriera las narraciones kafkianas tendrían que tener un tiempo real. Y no lo tienen. Ocurren en espacios sin tiempo real, por eso no existe la decepción, que es consustancial a la experiencia del tiempo.

Es liberador que no exista la decepción en Kafka.

No ha habido ilusiones que defraudar desde el primer momento. En el capítulo IV de *América* Karl Rossmann afirma: «No debe chocarles mi buena ropa: soy pobre por completo y sin ninguna perspectiva».

Ese «sin ninguna perspectiva» es la silla eléctrica de la decepción. Karl afirma tal cosa como quien dice buenos días, buenas tardes, buenas noches.

Es magnífico.

Es Kafka.

Porque también contiene una carcajada interior y una ejecución sumarísima de la esperanza humana.

Se puede asesinar la esperanza en un acto de humor y por tanto en un acto de amor a la vida: eso es Kafka.

Dedos

Kafka vio manos con dedos cortados cuando trabajaba para el Instituto de Seguros de Accidentes de Trabajo del Reino de Bohemia. Manos de obreros con dedos seccionados.

Trabajadores con dedos amputados delante de Franz Kafka. Esto fue real, ocurrió.

Una de sus principales ocupaciones profesionales fue mejorar las condiciones de esos trabajadores para que no se produjeran accidentes, de ese modo el Instituto salía beneficiado.

Pienso en alguno de esos trabajadores que conocieron a Kafka. ¿De qué hablaron? ¿Cuándo murieron? ¿Dónde están enterrados? ¿Cabe la posibilidad de que alguno de los descendientes de trabajadores lea o haya leído a Kafka? Sin duda, esto es muy posible, y este pensamiento me conmueve.

Desaparecido, El

Yo leí esta novela de Kafka con el título de *América*, y ya he dicho que yo la llamo *América*, pero he introducido la novedad del cambio de título para no desorientar al lector.

La leí por vez primera en 1995.

Tenía treinta y dos años.

Me fascinó.

La leí como si tuviera delante un tesoro. La leí muy despacio, intentando saber qué demonios pasaba en la trama. La acabo de leer ahora, veintinueve años después de la primera vez.

Uno puede medir su biografía con las lecturas y relecturas de Kafka. La novela se escribió entre 1911 y 1912, y está inacabada. Max Brod la publicó en 1927. El protagonista se llama Karl Rossmann. A mí no me cabe la menor duda de que hay un proceso de creación de alternativas autobiográficas en los nombres de los protagonistas. En *La metamorfosis* el protagonista es Gregorio Samsa. Y aquí es Karl. Las aes y las kas. Después, en *El proceso*, Josef K. Y finalmente, como resultado de una depuración, en *El castillo* ya es solo K.

Quiero decir que en todas las novelas de Kafka el protagonista es Kafka. Esto no se ha enfatizado lo suficiente. En realidad, la autoficción contemporánea la inventó Kafka.

¿La inventó?

Eso es una frivolidad.

Los laberintos vitales, los abismos de la identidad, la angustia de la existencia, la irracionalidad de las sociedades humanas, la insatisfacción, la muerte, no se inventan, sino que se padecen.

Kafka dio representación literaria a todos esos padecimientos iluminado por una luz que no sabemos de dónde vino.

Que esa luz oscura tenga que ver con la historia de la literatura es no haber entendido nada, y menos a Kafka.

Kafka es una singularidad cósmica, lo mismo que la vida en la tierra en comparación con la nada del universo.

Pero esta novela, que yo prefiero llamar *América*, es maravillosa por todo aquello que la preceptiva literaria desaconsejaría. La novela transcurre en buena parte en Nueva York. El Nueva York de Kafka es el menos Nueva York que uno pueda imaginar. Kafka no sabía nada de Nueva York; de hecho, al principio de la novela la estatua de la Libertad aparece portando no una antorcha sino una espada. Los espacios neoyorquinos de la novela son completamente falsos. Ni siquiera se habla de Manhattan, ni de ninguno de los elementos básicos de la fisonomía urbanística de Nueva York; a pesar de todo eso, el resultado es asombroso.

La Nueva York de Kafka es la ciudad más interesantemente vacía del mundo. Es solo oscuridad y malentendido.

La Nueva York de Kafka es una bofetada a todas las Nueva York que habrían de venir después, tanto en el cine como en la literatura.

En otro escritor, esta inverosimilitud a la hora de describir Nueva York hubiera sido tan imperdonable como risible.

En Kafka esta falta de documentación, esta inverosimilitud, es sobrenatural y demoniaca.

Desgracia

Ser especialmente desgraciado y ser especialmente inteligente es lo mismo para Kafka. Inteligencia y desgracia son sinónimos. Puede verse en el personaje de Amalia en *El castillo*. Amalia y su familia caen en desgracia. Porque Amalia comete un pecado imperdonable, como es romper una carta enviada por un alto funcionario de *El castillo*, un tal Sortini, que a veces se confunde con otro funcionario llamado Sordini.

Amalia es uno de los personajes más fascinantes de la historia de la literatura. Su desgracia es intentar vivir con un poco de libertad. No una gran libertad, sino solo un poco. Amalia, como la Nueva York de la novela *América,* en su escalofriante poquedad, en su insignificancia bochornosa, tiene una fuerza sobrenatural devastadora.

¿Quién pudo concebir un personaje como el de Amalia?

Pero Franz, ¿quién fuiste?

¿Cómo pudiste crear a esa mujer?

No es que tuvieses la más alta imaginación del mundo, no. Es otra cosa, siempre otra cosa, que nos hurtas de continuo. Y sin embargo, nos alientas.

Dilatación

Kafka vivió cuarenta años y once meses. Sin embargo, ese tiempo biológico e histórico no guarda relación con la enormidad de su producción literaria y la vastedad de sus epistolarios.

Si cualquier ser humano se pone a escribir las cartas que Kafka escribió, tanto a Felice, Milena, como a todos sus amigos, necesitaría cuatrocientos años de soledad.

Hay un proceso de dilatación esotérica en la vida de Kafka. Como si en vez de la fuerza del trabajo de un solo hombre hubiera la fuerza del trabajo de cuatro hombres.

¿Dilatación interior?

¿Era porque no había televisión ni redes sociales ni grandes superficies comerciales?

Bueno, pero tenían el teatro, la ópera, los cafés, las tertulias.

Que cada uno piense lo que quiera.

Yo solo digo que no da tiempo en cuarenta años a hacer tantas cosas. Es imposible a no ser que exista este milagro de la dilatación, que puede ser también una lapidación.

Kafka, en alemán, era amigo del juego de palabras, acaso el único milagro que nos está permitido a los seres humanos es jugar con los sonidos de las palabras, no con las cosas que representan.

Disfrutar

Me ha pasado y me pasa como escritor. Los lectores me dicen «he disfrutado mucho de su libro». Ahora ya me he acostumbrado a esa expresión. La primera vez que la oí me quedé sorprendido. Yo jamás he disfrutado de un libro de Kafka. Como mucho podría decir que «me gusta la literatura de Kafka». ¿Pero disfrutarla? Yo jamás he disfrutado ni de la música ni de la literatura.

«Señor Kafka, he disfrutado mucho de *El castillo*».

Kafka me contestaría: «Oh, no debería haber hecho usted eso».

Y uno piensa en qué momento se jodió la literatura.

Nadie se lleva a la playa, o a sus vacaciones, un libro de Kafka. Y si lo hicieras, correrías el riesgo de no ver la playa, no ver la cerveza, no ver las olas del mar, y ver solo a Kafka. O mejor dicho: ver a Kafka tomando el sol a tu lado, o bañándose contigo, una contaminación incesante e inconmensurable.

Dos millones de dólares

Esther Hoffe, la secretaria personal de Max Brod, vendió en 1988 el manuscrito de *El proceso* por dos millones de dólares, una auténtica ganga. Podría haber sacado veinte millones si hubiera sido más astuta y menos impaciente. Yo creo que podría haber sacado veinte millones si hubiera tenido contactos en Estados Unidos.

Es un convencimiento matemático: veinte millones.

Qué hizo Esther Hoffe con esos dos millones de dólares es una de las preguntas más importantes que se pueda hacer sobre Kafka. Averiguar el destino de esos dos millones de dólares es casi saber qué significado tienen en realidad las tres grandes narraciones largas de Kafka: *América, El proceso* y *El castillo*.

Yo pienso que por el manuscrito de *El castillo* se puede sacar, hoy día, doscientos millones de dólares, con astucia y buenos contactos.

Y sería una ganga.

Un precio irrisorio, porque en realidad vale dos mil millones de dólares. Si los más ricos de este planeta tuvieran alma, hasta doscientos mil millones de dólares pagarían por el manuscrito de *El castillo*.

De qué te sirve ser el hombre más rico del mundo si no puedes comprarte un manuscrito escrito de puño y letra por el hombre más enigmático del mundo.

Drogas

Las obras y la vida de Kafka son drogas. No encuentro mejor comparación. Drogas poderosas con efectos secundarios ridículos. El vicio y la adicción me acompañarán siempre. Kafka no es literatura. Es droga. Te conviertes en el drogadicto perfecto. En el mejor drogadicto del mundo porque quien te suministra la droga es el mejor camello del mundo.

Por eso los kafkianos no nos soportamos los unos a los otros, porque queremos que esa droga sea consumida por solo uno de nosotros.

Edad

Kafka nació el 3 de julio de 1883 y murió el 3 de junio de 1924. Le faltó un mes para cumplir los cuarenta y un años de edad. Pensemos ahora en un escritor que nace en 1983 y muere en 2024. Yo, sin ir más lejos, nací en 1962, es decir, en 1862 y estamos en 2024 o en 1924 y sigo vivo.

Kafka entró en el siglo XX con diecisiete años. Y solo iba a vivir veinticuatro años de ese siglo XX en el que entró a los diecisiete años.

Tengo ahora mismo veintiún años más que Kafka cuando murió. He vivido ya veintiún años más que él. En veintiún años caben muchísimos acontecimientos, mucho aprendizaje y experiencia de la vida, que Kafka no tuvo.

¿Sé yo más de la vida humana que Kafka?

Encanto

Es un día de febrero, he estado todo el día leyendo a Kafka, pero muy despacio. Me voy a dormir inmensamente feliz porque todas las páginas leídas me dan alegría y euforia. ¿Cómo es posible?

Es el encanto.

Hay otra cosa más: Kafka jamás le falta al respeto al lector, no le zarandea, no le interpela, no le golpea.

Lo que hace es iluminarlo con encanto.

Nunca te sientes moralmente incómodo en una página de Kafka, porque Kafka te quiere. Es raro, sí, que te quiera un escritor, pero eso es lo que a mí me pasa.

Entonces te pones contento.

Alguien alegra tus días a través de las páginas de un libro, y ese ser se llama Kafka.

¿Cómo lo hace?

Ni idea, pero lo hace.

No hace crítica social, moral, no critica nada, no se enfada con la condición humana, está enamorado de la vida. Y sin embargo, qué me está contando exactamente: por ejemplo, en el relato titulado «Once hijos» hay un narrador que comienza su alegato diciendo esto: «Tengo once hijos», y a continuación comienza a describir cada uno de esos hijos, pero en ningún momento sabes la intención de esta confesión y esta descripción de cada hijo.

Los once hijos acaban siendo once ángeles.

Pero te imantan. Te roban la atención, te llenan de cordialidad, una cordialidad a veces turbia, o siniestra, pero cordialidad.

Es Kafka, el encanto.

Todo cuanto escribe o dice tiene encanto y te alegra el día, la tarde, la noche y el insomnio. Es un escritor-médico. Cura enfermedades. Cura la depresión. Sales del cuento «Once hijos» reconciliado con la vida. Hay alguien en el mundo que tiene once hijos y es capaz de distinguirlos a cada uno de los once con descripciones físicas y psicológicas de una precisión que tú recibes como un don de la alegría, eso pasa. Que conste que yo soy ateo.

Kafka te enseña el abismo y la sinrazón de la existencia, pero te coge de la mano. Otros escritores te enseñan el abismo y creen que su deber es arrojarte al abismo como Shakespeare, Dostoyevski, Joyce o Dante.

Solo dos te dan la mano: Cervantes y Kafka.

Envidia

¿Qué es lo que más envidio de Kafka? Es una buena pregunta. Yo creo que lo que más envidio es que midiera un metro ochenta y dos. Lo segundo es su nacionalidad. Nació en una ciudad que pertenecía al imperio austro-húngaro, que ya no existe. Es un apátrida. El imperio austrohúngaro se creó en 1867. Era un estado con dos países dentro: Austria y Hungría. Yo creo que no podemos entender qué demonios debió de ser en la vida real vivir bajo el imperio austrohúngaro. El caso es que Kafka nació en 1883 en Praga.

Kafka era austrohúngaro.

Yo creo que no puede haber nación o estado mejor que el que ya no existe en el presente. Me parece legendario haber nacido en una ciudad perteneciente al imperio austrohúngaro.

¿Qué demonios fue eso del imperio austrohúngaro? Podríamos leer cien libros de historia y no lo entenderíamos; sin embargo, ese imperio está presente en las novelas y relatos de Kafka.

En 1914 el imperio austrohúngaro lo componían casi cincuenta y tres millones de habitantes, unos siete millones más que la España actual. Había más ciudadanos y ciudadanas austrohúngaros en 1914 que españoles en 2025.

A mí esto me parece muy envidiable.

El imperio tenía 675.936 kilómetros cuadrados. La Francia actual tiene 552.000. España tiene 504.000. Y Alemania, 357.000.

Era enorme, y era misterioso, y comenzó a derrumbarse en 1914 con la primera guerra mundial. Y dejó de existir en 1918. Y Kafka se fue seis años después, como si le hubiera guardado un luto de seis años.

Kafka no tiene país de nacimiento.

Eso es muy envidiable.

Toda la literatura moderna y contemporánea son escritores de alguna nación que todavía sigue, pero el país de Kafka es una sombra incognoscible.

Su país es una leyenda de la historia. El imperio austrohúngaro se derrumbó para ornamentar la vida de Kafka. Para adornar su existencia, por belleza.

Espíritus

Hay una densidad espiritual en la obra de Franz Kafka cuyo sentido es impenetrable. En mi opinión, encontró un camino para seguir estando vivo a través de su literatura.

Ningún escritor ha conseguido esto.

Nadie, ni Cervantes, ni Shakespeare, ni Tolstói, nadie.

¿Por qué no iba a nacer a finales del siglo XIX el escritor más importante del universo?

La máxima fusión con el lector ocurre en el momento en que Kafka se mete dentro de ti, como si te poseyera. No es una posesión maligna; tampoco creo que sea una posesión benigna. Notas su presencia física a través de sus palabras. Lo ves vivo. Toda su obra es un monumento autobiográfico al servicio de su salvación personal en nosotros, los amigos de Kafka, los de ahora, y los que vendrán.

¿Un evangelio?

Tal vez la palabra sea delicadeza, una delicadeza.

Cuando te haces adicto a la lectura de Kafka, te haces adicto a una amistad, a una presencia, no a una obra literaria.

Por eso Kafka es el escritor más grande que ha existido en el mundo. El gran comisionista de las tinieblas. Si te haces su amigo, te regala un alto porcentaje de tinieblas, te hace un gran accionista de la empresa más exitosa del mundo: la oscuridad iluminada.

Expedientes

Kafka convirtió a los seres humanos en expedientes amontonados en edificios vulgares, de una sola planta, bajo la nieve, a la espera de que alguien pregunte por nuestro expediente, cosa que ocurre muy de vez en cuando, y es normal que así sea, dada la cantidad de expedientes acumulados y lo poco que, en resumidas cuentas, importa su consulta. Porque aunque el expediente sea demandado, después de pasar los tediosos trámites correspondientes, de qué van a servir la lectura ni el estudio detallado del mismo. Parece algo destinado a la inutilidad, y por tanto a una malsana melancolía.

Ser un expediente es a cuanto podemos aspirar, y es una aspiración bastante osada, si se mira bien, en su objetividad, ya que en vida parece que somos mucho más que un mero y triste expediente.

En cuanto a la prioridad, como mucho podemos pedir el orden alfabético, que parece el más justo, dada su alta dosis de azar y de casualidad.

Lo mejor es que tu expediente se pierda para siempre en ese vulgar y anodino edificio de una sola planta bajo la nieve, sin que esa pérdida sea advertida, porque si es advertida es mejor que no se pierda.

Una sola planta evita la instalación de ascensores, no parece que exista más utilidad que esa.

Lo mejor es que tu expediente se queme pero de una manera poco común y más bien accidental, en una estufa de leña, junto a otras cosas poco relevantes, antes de llegar al depósito de expedientes, por eso Franz le pidió a Brod que quemara su expediente.

Los expedientes, por lo demás, suelen ser aburridos, aunque a veces son todo lo contrario, pero no se sabe de qué depende.

Familiarizado

La palabra familiarizado es crucial en la novela *El castillo*. El gran problema de su protagonista, K., es que jamás de los jamases logrará familiarizarse con las normas que rigen el castillo y el pueblo.

Muchos seres humanos nos moriremos sin habernos familiarizado con las leyes del mundo. Ni siquiera con las leyes de la vida.

Eso le pasaba a Kafka y le pasa a K. en la novela.

Siendo la novela de K la vida de Kafka.

Son lo mismo.

Y le pasa a cualquier ser humano. Es más, aquellos seres humanos que creen haberse familiarizado con un sentido de la realidad, de la moral, del trabajo, del matrimonio, de la familia, de la propiedad, del dinero, de la historia, serían incapaces de demostrar esa familiaridad con documentos solventes, a prueba de bomba.

Los documentos que suelen presentar estos seres humanos que creen haberse familiarizado suelen ser como diplomas pomposos que te dan cuando terminas un curso de peluquería o de fontanería o de un taller literario o de natación sincronizada.

Son documentos muy tristes, aunque contengan colores, algún dibujo lujoso, y letras muy solemnes y firmas ampulosas de gente a quien nadie ha conocido nunca.

Estos diplomas suelen decir que has hecho un curso de peluquería de veinte horas y que tal vez ese curso te capacite para entrar como aprendiz en alguna peluquería, aunque las peluquerías más prestigiosas y prósperas se rigen por otros indicadores u otras informaciones a la hora de contratar nuevo personal, cosa que pocas veces ocurre, pues lo normal suele ser que estas peluquerías acaben traspasando el negocio a otros profesionales de otros gremios.

Es muy frecuente encontrar un taller de fontanería allí donde hace unos años había una vistosa peluquería. Esto pasa continuamente, y uno no se acaba de familiarizar con un negocio cuando ya aparece otro. Al paso del tiempo, esos negocios se vuelven un local en alquiler, y es muy difícil de recordar lo que hubo allí, por no decir imposible.

Funcionarios

Todas las novelas de Kafka, largas y cortas, están llenas de funcionarios. Después de treinta años de lectura de la obra del praguense he llegado a sospechar que, efectivamente, los funcionarios que salen en su literatura equivalían a nuestro concepto actual del funcionariado, es decir, una persona que trabaja para una administración del Estado.

Sin embargo, ahora ya no pienso lo mismo. Creo que los funcionarios en la obra de Kafka son demonios. O vampiros, tal vez. O muertos. O fantasmas. Seres crueles y caprichosos que acumulan expedientes que no quieren leer, porque están hartos de tanto trabajo. Por pereza también.

Brod pensaba que los funcionarios simbolizaban la débil y remota posibilidad de establecer una intermediación con Dios, y me encanta que Brod los viera así. Los funcionarios que aparecen en la obra de Kafka son móviles y subjetivos y serán aquello que el lector quiera que sean.

Todo ser humano necesita la presencia de un funcionario en su vida. Si lo piensas, la vida es una conversación con funcionarios, pues estos nos ayudan a existir, a visibilizarnos en un espacio social que por lo demás suele estar siempre oscuro. La oscuridad del espacio social linda con la comedia, no con la tragedia.

Ninguna interpretación de la obra de Kafka es mejor que otra. Todas son válidas y todas son prescindibles y el sumatorio de las mismas no significa nada.

Ahora pienso, después de treinta años, que los funcionarios de Kafka son como los personajes de *Pedro Páramo* de Juan Rulfo: un montón de conversaciones que proceden del reino de los muertos, o de los demonios, de gente que lleva dentro la mirada del diablo.

¿Vio Kafka al diablo?

No, lo que vio fue un montón de funcionarios. La mayoría era de una pereza angelical.

El desafío esencial de Kafka es el realismo. Todo es real. Nada es imaginario. Esos funcionarios son reales. No son fruto de la imaginación.

Lo que no cabe en la mente de nadie, y especialmente de un escritor, es que la obra cumbre de Kafka, que es la novela *El castillo*, no fuera mimada por el autor, no recibiera del autor que la escribió ninguna clase de amor, sino que la quiso quemar y así se lo dejó dicho, como todo el mundo sabe, a su amigo Max Brod.

Kafka sabía perfectamente que los funcionarios y criados y mensajeros y demás personajes que habitan *El castillo* constituían una creación artística inigualable. Eso lo sabe un escritor, sabe cuando ha logrado un «Angelus Novus», como decía Walter Benjamin. La mayoría de los escritores saben cuándo han traído a este mundo una criatura literaria descomunal, no sé, pongamos Cervantes y el *Quijote*, o Flaubert y su *Madame Bovary* o Joyce y su *Ulises* o Proust y su *En busca del tiempo perdido*; y se ponen nerviosos, se agitan, tiemblan, pues han traído algo nuevo a la vida.

Porque saben que lo han logrado.

Todos temblaron, temblaron Cervantes, Flaubert, Dostoyevski, Tolstói, Proust, Joyce, menos Kafka, que no tembló ni medio segundo.

¿Por qué no temblaba cuando cogía entre sus manos el manuscrito de *El castillo*? Este el mayor enigma.

Jamás tembló.

No es tal enigma, queridos lectores, yo tengo la solución. Kafka no creía en la labor social de la literatura.

Y eso es terrorífico.

No tenía empatía literaria con el mundo.

Nunca se había visto una cosa así.

Tal vez no volvamos a verla.

Futuro

Hoy es el día 3 de junio del año 2324. Celebramos los cuatrocientos años de la muerte de Franz Kafka. Todo está dispuesto para reconstruir su cuerpo y su cerebro. La ceremonia de resurrección va a ser un éxito universal.

Kafka regresará con su cuerpo y su mente.

Tenemos preparado un sombrero nuevo, como los que a él le gustaban.

Hay una gran disputa por elegir quién va a ser el primero o la primera en hablar con él.

Quiere hacerlo el narcisista del presidente del Gobierno, hay que ser mamarracho.

Todo sigue igual.

El mundo es desorden, un desorden que no sugiere, como alivio, la posibilidad de un orden aunque sea remoto y difícil de imaginar.

Un desorden maligno, sin posibilidad de un orden benigno.

Todo sigue igual, kafkianamente igual.

Porque pensar en un cambio supondría demasiadas molestias, y las molestias requieren voluntad.

García Lorca, Federico

No están lejanos en el tiempo Federico García Lorca y Franz Kafka, pues este nació en 1883 y aquel en 1898. Son solo quince años. Yo conozco a un montón de escritores que tienen quince años menos que yo y nos entendemos bien. Y escritores que tienen quince años más que yo con quienes también me entiendo perfectamente. Y en la muerte les separan solo doce años: Kafka en el 24; Lorca en el 36.

Los dos murieron demasiado pronto.

La fama de los dos se agigantó de manera póstuma.

La pena negra de Lorca y la culpa en Kafka parecen primas hermanas. La fama de Lorca irá decreciendo conforme pasen los siglos y la de Kafka seguirá creciendo. Ese es mi vaticinio. Es un vaticinio, no puede ser juzgado hoy sino dentro de doscientos años.

Dentro de doscientos años, hasta entonces nadie puede juzgar mi vaticinio. Si me equivoco, que es imposible, ya entonces estaré dispuesto a asumir mis responsabilidades intelectuales, literarias, políticas y morales.

Es una hermosa competición, ver quién desaparece y quién persiste. Quizá sea el espectáculo más bello del mundo. Comunica los tres tiempos que somos capaces de concebir: pasado, presente y futuro.

A James Joyce y a Marcel Proust les pasará lo mismo que a Lorca. Mi vaticinio crece también, como Kafka.

García Márquez, Gabriel

Gabriel García Márquez le confesó en una ocasión a Milan Kundera que fue Kafka quien le enseñó que se podía escribir de otra forma, irse a otro sitio, salirse del encuadre histórico de toda la vida.

Yo creo que este hecho está en constante actualidad. Cualquier escritor en ciernes necesita leer a Kafka.

Todo escritor con talento y furia y en sus comienzos necesita pasar unos meses viviendo con Kafka.

A Kafka esto le da igual, pero al escritor recién apareci-
do en este instante mismo en que escribo esta línea jamás
le dará igual; es más, todo su futuro dependerá de los meses o de los años que pase durmiendo al lado de Kafka,
quien no se despertará bajo ningún concepto.

Grande, Félix

Félix Grande fue un gran poeta español. Nació en 1937,
en plena guerra civil. Félix era un enamorado de la literatura de Kafka. Con Félix Grande hablé muchísimo de
Kafka. Félix murió en el 2014, demasiado pronto, pues se
le quedaron un par de libros en el tintero del alma, porque la vejez de Félix era una vejez productiva, llevaba su
vida encima todo el rato, veía lo que había sido su vida y
quería contarlo, pero la muerte no le dejó.

Como yo, y como la poeta Francisca Aguirre, Félix Grande amaba a Kafka. Veía en él lo que veíamos todos los
kafkianos: una alegría lejana. Con su mujer, Paca Aguirre,
tuve muchas discusiones sobre la interpretación de las
alegorías kafkianas que presiden toda su literatura. Paca
no quería ni oír hablar de la interpretación judaizante de
esas alegorías. Porque veía en ellas una lectura religiosa
de la obra de Kafka que la incomodaba profundamente.

Ahora que lo pienso existen una derecha y una izquierda
kafkianas. La derecha kafkiana da más importancia a la interpretación religiosa de la obra de Kafka y la izquierda a
la lectura política, que era la preferida de Paca.

A Félix y a mí nos importaban un comino las dos
sendas interpretativas, pero Paca era férrea defensora de

la izquierda kafkiana. Creía en esa interpretación de Kafka más que Kafka creyó en Dios, por eso siempre todo acaba siendo kafkiano.

En la sala de estar de un sexto piso del número 8 de la madrileña calle Alenza, Félix, Paca y yo hacíamos espiritismo. Invocábamos a Kafka. ¿Por qué? No sé si decirlo ahora o guardármelo para otra entrada de este diccionario. Porque lo que voy a decir es muy importante.

Me lo guardo, lo contaré en otra entrada.

Los tres fuimos una hermandad kafkiana de la que solo quedo yo con vida. Cuando yo me muera, esta hermandad se extinguirá en una milésima de segundo y por supuesto será un espectáculo kafkiano.

Ahora que lo pienso, Paca Aguirre nació en 1930. Fue la que más cerca estuvo de Kafka. A solo seis años de distancia de él. No a seis años luz, sino a seis años normales, terrenales, como los años de siempre y no esos años remotos que se inventan los astrofísicos. Félix a trece años; y yo, nada menos que a treinta y ocho años. Tampoco son tantos años. Cuando yo vine a este mundo hacía treinta y ocho años que Kafka se había ido de él. Estamos cerca.

Y sin embargo, estamos lejísimos. Esto es muy importante, porque Kafka crea lejanía de Kafka, pese a que no estás tan lejano de él en el tiempo. Por ejemplo, hace posible que te sientas más cerca de Gustave Flaubert o de Cervantes que de él.

Mi padre, como Paca, estuvo también a seis años de distancia. Kafka podría haber sido el padre del padre de Félix y de Paca, o el padre de mi padre. Históricamente era posible. Matemáticamente, posible.

Esas cosas nos hace Kafka, nos genera estos propósitos, estas fantasías, este amor, esta precipitación en la ensoñación de la historia.

Gravitación

Franz Kafka, como el planeta Tierra, tenía fuerza gravitatoria. Atraía la materia, las cosas, las emociones, los seres humanos hacia sí mismo. Sus lectores sienten la gravitación. Las historias que narra en sus cuentos, en sus novelas, tienen fuerza gravitacional. Ocurren en otro sitio, no en este mundo.

Pero no es un mundo inventado, sino un mundo alcanzado, robado a lo que no podemos ver.

En *El castillo*, todo cuanto ocurre no procede de la realidad social, política, cultural de un momento histórico. Kafka está narrando en *El castillo* sucesos que sobrevienen en otro mundo, en otro planeta, pero no son inventados. No son hechos imaginarios. En la citada novela se narran hechos extraordinarios, pero esos hechos ocurren en cada una de las frases de la novela, lo cual funda otro tipo de escritura, es el momento de la singularidad inviolable de Kafka.

Funda otra realidad alternativa, pero no inventada.

No hay imaginación en Kafka. No tiene ni un gramo de imaginación, porque si su literatura fuera hija de la imaginación sus lectores estaríamos a salvo, pero no, no estamos a salvo.

Corremos peligro, porque lo que narra Kafka no es una fantasía ni una ficción.

Todo lector de Kafka está en peligro, en un gran peligro, porque no existen en su literatura la imaginación, la fantasía, la metáfora, la exageración, la alucinación o el sueño.

Kafka es un escritor realista.

Kafka está viendo la vida desde otra ventana. Hay, pues, otra ventana sobre la vida. Kafka te cuenta lo que está viendo desde esa ventana. La existencia de esa ventana es perturbadora. Esa ventana volvió loco a Borges, cuando se hizo kafkiano. El problema de la literatura de Kafka es que busca una invasión o una colonización de tu cerebro.

O lo aceptas o no lo aceptas.

Sabes que estás ante el mayor escritor que hayas leído jamás, cuando te das cuenta de que ni una sola frase de su literatura tiene sentido funcional, toda frase de Kafka busca desestabilizar tu alma. No hay frases al servicio de la trama. Todo es mensaje, esto es terrible y a la vez moralmente sanguinario.

Todo es sustancia. No hay nada al servicio de la narración, todo es oro, todo es bondad, todo es terror.

Muchos escritores odian a Kafka por esto, por lo que acabo de decir, porque no tiene una sola frase estúpida, no hay una frase dedicada a edificar una técnica narrativa, solo hay mensaje. No hay tabiques, no hay cañerías, no hay inodoros en esa casa. Solo gigantescos ventanales. Por eso Kafka es el mayor escritor de la historia de la literatura.

Como su literatura es gravitacional, automáticamente una vez que estás dentro ya no puedes salir de allí, que es lo que me pasó a mí hace años, y te das cuenta de que todos los escritores del mundo son inferiores a Kafka, y esto es una enseñanza humorística y cordial al mismo tiempo.

Y Kafka empieza a hablarte, porque Kafka habla.

No está muerto.

Y entonces ves el encanto, te sientes encantado de la presencia de Kafka en tu vida. Y comienzas a sentir felicidad. Esto es lo más prodigioso del mundo. Porque de repente quieres estar mirando por la ventana por la que mira Kafka, y sobreviene la posibilidad de lo divino, o en todo caso de lo excepcional, de lo que nunca habías visto.

Esto ya es otra cuestión: lo sagrado, lo divino, lo sobrenatural en Kafka. Se ha escrito tanto sobre esto, miles de páginas, miles de tesis doctorales intentando interpretar el sentido religioso de las novelas de Kafka.

O el sentido político.

Miles de sentidos, no miles sino millones, elige el que te plazca.

Elijas el que elijas, fracasarás.

El fracaso más dulce.

Puedes ver a Kafka como a un santo o como un revolucionario leninista, y las dos visiones delatan una torpeza insignificante.

Moisés o Sigmund Freud o Vladimir Lenin, tres fracasos más en la interpretación, tres caminos muy frecuentados por los exégetas, tres comedias kafkianas.

Herida

¿De dónde proceden tantas heridas en la vida y obra de Kafka? La respuesta es sencilla: de la contemplación inteligente de la existencia humana. Las heridas de Kafka proceden de la culpabilidad, y la culpabilidad se origina en el ser consciente.

Pienso, luego soy culpable: esa fue unas de las aportaciones filosóficas de Kafka.

La herida es la casa de la culpa.

Huesos

Que yo sepa no ha habido nunca ninguna exhumación de los restos de Kafka, quien yace en el mismo túmulo que su padre y su madre.

¿Los huesos habrán prevalecido?

¿Restos del traje o de los zapatos con que fue enterrado?

Es de vital importancia saber todas estas cosas.

¿Por qué?

Porque toda su obra habla de la nada y de la desesperación y del sufrimiento y del nihilismo y de la desgracia, aunque parezca que hable del alma y de Dios, de los seres humanos y de su civilización política.

Dios, finalmente, es abyección, crueldad, e invisibilidad.

El mal hecho invisibilidad.

¡Maravilloso!

Si no te has desesperado nunca en esta vida, no vale la pena que leas a Kafka. Léete a cualquier otro, da igual uno que otro, una que otra. Todos son lo mismo. No hablo por hablar. No hablo desde la pasión del fan acretinado. Hablo de lo que te pasa. De lo que le pasa a los lectores de Kafka.

Puede ser que un hueso de Kafka construya una victoria sobre la nada.

Lleva cien años allí debajo de la lápida, ¿qué habrá hecho durante estos cien años? ¿es posible la extinción de alguien que ya estaba extinto cuando anunciaron su culpabilidad manifiesta y su ejecución sumarísima?

Humor

Y sin embargo todo fue una enorme broma de un ser dotado de un sentido del humor impenetrable.

Lo recuerda Brod, dice que Kafka leía en voz alta las primeras páginas de *El proceso* a sus amigos y tenía que interrumpir la lectura porque le atacaba una risa dichosa y buena.

Quiero volver a ver esa risa del mejor escritor del mundo, pero no puedo, es imposible.

¿De verdad que es imposible?

Si no hay nada ni nadie, si no hay más que expedientes aburridos, qué pesadilla tan humorística fueron nuestras vidas. La desolación da pena, y las cosas que dan pena son ridículas, y lo ridículo es siempre humorístico.

Kafka fue un gran humorista, como Cervantes.

Mientras no se rían de ti, el sentido del humor nos hace siempre mejores.

Imitación

La obra de Kafka es inimitable, sobre todo por el estilo sencillo y a la vez denso de su prosa. También porque su obra construye un sistema de pensamiento, una forma de pensar, regida por la crueldad y la incomodidad. Cualquier escritor de cierto ingenio puede imitar a Kafka si lo lee con aplicación, pero sería de manera inevitable la imitación de un loro de la voz humana.

Es muy fácil quedarse con el sonsonete de ese sistema de pensamiento o de aniquilación de la racionalidad del pensamiento que alienta en la obra de Kafka. Y yo creo que ha sido imitado por muchos escritores de mediados y finales del siglo XX, y se le sigue imitando en el siglo XXI.

Esos escritores que lo imitan están fascinados con la profundidad y las sombras que la literatura puede levantar como por arte de magia. Pero allí está el problema, por el cual yo desaconsejo imitar a Kafka, porque no es por arte de magia. Kafka está viendo delante de sus ojos aquello de lo que escribe, por eso puede seguir construyendo edificios de una complejidad sobrenatural, edificios de palabras que están a punto de derrumbarse ante una racionalidad bien aseada.

Él puede seguir y los demás no.

No es producto de la imaginación lo que escribe. Si fuese producto de la imaginación, Kafka sería imitable.

Inoxidable

Cualquier manifestación artística se da en el tiempo, por eso existe la oxidación. Se oxidan las novelas, la música, la pintura, la arquitectura. El tiempo convierte en antiguo y viejo lo que hoy es moderno y revolucionario.

Las novelas y las cartas y los cuentos de Kafka son inoxidables.

Beethoven, Cervantes, Proust, Joyce, Shakespeare, Picasso, son oxidables. No tiene que ver con la grandeza y trascendencia del arte, no estoy hablando de eso. Estoy hablando del principio físico de la oxidación.

Las obras de Kafka son como unos zapatos que no se gastan. No se oxidan. *El castillo*, antes que otra cosa, es inoxidable. *Don Quijote*, *Madame Bovary*, *Guerra y paz* son grandes creaciones humanas, pero se oxidan. Hablan de tiempos que ya no existen.

Que la obra de Kafka sea inoxidable hace que la vida de Kafka también lo sea. La literatura de Kafka detiene el tiempo, por eso es inoxidable. En la última película de Francis Ford Coppola, titulada *Megalópolis*, un personaje es capaz de detener el tiempo.

Ese es Kafka.

«Investigaciones de un perro»

Así se titula un relato que Kafka escribió en el otoño de 1922. Es el mejor relato que he leído en mi vida. Es una de las grandes maravillas de la narrativa breve de Kafka. El perro que habla en el relato acaba siendo, por magia negra kafkiana, el propio lector. Este cuento de Kafka casi merece que nos arrodillemos. Tanta ternura. Tanta bondad. Tanta comedia. Te arrodillas por hacer algo memorable, más o menos memorable.

El perro que habla eres tú.

Y eres el mejor perro del mundo.

Janouch, Gustav

Gustav Janouch nació en Eslovenia en 1903, y murió en Praga en 1968. Hasta 1968 hubo tiempo de haber podido hablar con él. De hecho, un montón de los cientos de expertos en la obra de Kafka lo visitaron en Praga en los años 50 y 60. Lo cuenta el mismo Janouch en su libro, y también cuenta algo maravilloso, dice que para él Kafka nunca fue un asunto literario, y que por tanto difícilmente podía servir a los kafkólogos en sus interpretaciones. Por ejemplo, Janouch reconoce no haber leído *El castillo*. Para Janouch, Kafka era una inspiración moral y la encarnación de lo sobrenatural. Para Janouch, Kafka era un hombre prodigioso.

¿Por qué es importante Janouch y por qué los kafkólogos de la primera ola deseaban hablar con él?

Porque Gustav Janouch publicó en 1951 un libro apasionante titulado *Conversaciones con Kafka*, en donde recoge palabras textuales del propio Kafka, que Janouch escribió en su diario personal. A día de hoy, muchos expertos dudan de la veracidad de estas conversaciones.

Janouch era un poeta en ciernes y era el hijo de un colega de trabajo de Kafka en el Instituto de Seguros contra Accidentes de Trabajo. Este colega llevó a su hijo a conocer a Kafka, y allí se inició una amistad entre un joven de dieciséis años y un hombre de treinta y seis. Era el año 1920, y Kafka ya estaba enfermo y condenado a muerte.

El libro de Janouch sobre Kafka es tan maravilloso como dudoso. Como he señalado, ahora hay expertos que le ponen pegas a la veracidad de las palabras de Kafka que este libro recoge, pues son frases y párrafos largos en boca de Kafka.

También resulta raro que Janouch no fuera conocido por los amigos de Kafka, pero puede explicarse porque este era un jovencito entonces.

Lo que conmueve del libro de Janouch es la devoción personal hacia Kafka, a quien se le llama muchas veces doctor Kafka, porque así era conocido en el instituto de seguros contra accidentes de trabajo.

Janouch, dado que su padre trabajaba con Kafka, entraba de manera familiar en el instituto y se iba al despacho de este, quien siempre le recibía con amabilidad y con una sonrisa.

El libro es magnífico, porque en el libro habla Kafka. Y uno siente que es verdad, que solo Kafka podría decir cosas como esta: «Nada está tan arraigado en el alma como un sentimiento de culpabilidad infundado, ya que, precisamente al no tener una causa real, no hay arrepentimiento ni reparación que puedan eliminarlo».

Sin embargo, pone en su boca demasiadas veces la palabra Dios. Y esa palabra no sale en la obra de Kafka, he ahí el problema. Por una parte, es un gran problema. Pero por otra parte, puedes obviar el problema, como habría hecho el mismo Kafka, expresándose casi del mismo modo que acabo de hacer yo.

¿Qué es lo relevante del libro de Janouch sobre Kafka?

Lo único que es relevante en la vida de cualquier hombre y mujer: el amor al otro, la amistad profunda, el afecto entre dos seres humanos metidos en el tiempo de la existencia, viviendo y muriendo, porque la vida de Janouch fue terrible, perdió a su mujer y a su hija y estuvo cerca de la miseria.

El libro de Janouch es hermoso, y con eso nos quedamos.

Tanto Max Brod como Janouch estaban muy interesado en presentar a Kafka como un santo. Y razones no les faltan. Pero allí donde ellos dicen «Dios», yo digo «la presencia de lo sobrenatural», esa es mi singularidad.

Sin embargo, y este es otro triunfo de Kafka, cada lector hará lo que le dé la real gana a la hora de interpretar a Kafka.

¿Qué pensaba Kafka de todo esto?

He ahí el problema. Kafka no pensaba cuando escribía sus novelas. Las veía, veía sus novelas en algún lugar del espacio y del tiempo, y trasladaba a las páginas lo que estaba viendo.

Y al hacer eso, nos cambió la vida a todos.

Las charlas entre Janouch y Kafka son reales. Parece que están sucediendo en el presente del lector. Janouch escribió el segundo gran libro sobre Kafka, después del libro de Max Brod.

Jesenská, Milena

Milena fue uno de los grandes amores de Kafka. Es obligatorio, terriblemente obligatorio, leer las *Cartas a Milena*. Ese epistolario es un triunfo de la vida; en esas cartas Milena y Franz siguen vivos y seguirán vivos hasta el fin del mundo. Milena es uno de los grandes enigmas de la vida de Kafka.

Era traductora del alemán al checo, y tradujo la obra de Kafka a esta última lengua.

Kafka no supo irse a vivir con ella.

Se amaron mucho.

Milena sufrió también mucho.

Yo creo que Milena fue el ser humano que mejor entendió a Kafka. Es uno de mis grandes convencimientos. Era la mujer que Kafka necesitaba y Kafka era el hombre que Milena buscó siempre. Milena sabía que Kafka era un ser especial, una singularidad de la naturaleza. Milena lo amó. Y Kafka tuvo miedo. Milena lo entendía, sabía lo que estaba ardiendo en su cabeza. Yo creo que fue la única mujer que lo entendió.

A Milena la mató una infección renal en el campo de concentración de Ravensbrück un 17 de mayo de 1944. No era judía. Fue comunista al principio, luego se desencantó de la Unión Soviética, simplemente porque era una buena persona.

Eso fue Milena: una mujer bondadosa y apasionada. Yo siento adoración por Milena, sobre la que se ha escrito muchísimo. Murió con cuarenta y siete años. Maldita sea, no sabemos darnos cuenta de la suerte de haber nacido después de todo aquello. Eso sí, Milena vivió a mil por hora. Nosotros, a ochenta.

Milena sobrevivió veinte años a Kafka, poco a poco se iría borrando de su memoria. Mis muertos de más de quince años se oscurecen en mis recuerdos. ¿Se oscurecieron la voz y los gestos y las palabras de Kafka en la memoria de Milena?

Esa infección renal seguro que tenía cura, con un antibiótico potente. Porque Milena tuvo una hija que se llamó Jana, que luego fue escritora y tuvo seis hijos. El ADN de Milena inunda en estos momentos Viena y Praga.

Seis nietos de Milena.

¿Cuántos biznietos tendrá hoy?

No lo he investigado, ni pienso hacerlo.

Pobre Milena.

Qué poco le dio la vida y cuánto dio ella a la vida.

Ojalá esté con Kafka en el paraíso, pero me temo que no, me temo que es más simple: los dos están completamente muertos. Y estas líneas que yo escribo sobre ellos son inútiles, vanidad de vanidades, y todo vanidad, salvo los cadáveres.

Me gustaría que en Viena y Praga hubiera un culto laico a santa Milena de las dos ciudades.

¿Qué dijo Milena de Kafka?

Dijo esto:

La vida para Franz es totalmente distinta a como es para todos nosotros, los demás seres humanos. Ante todo, para él, el dinero, la Bolsa, esa central de divisas, una máquina de escribir son cosas por completo místicas. Y de hecho lo son. Sólo que para nosotros, no. Para él son los más extraños misterios, a los que en modo alguno se enfrenta como lo hacemos los demás. ¿Acaso su trabajo como empleado en la administración es el desempeño habitual de un servicio? Para él una oficina —también la suya— es algo tan misterioso, tan digno de admiración, como para un niño pequeño una locomotora. La cosa más sencilla del mundo, él no la entiende.

Estas observaciones de Milena son importantes a la hora de entender la obra de Kafka. Abunda Milena en lo que ya he dicho varias veces en este libro: Kafka no ve el mundo como lo vemos nosotros. Sin embargo, está viendo el mundo de manera tan efectiva y real como lo vemos nosotros, está observando la esencia irreductible de las cosas.

Su mirada es más rigurosa que la nuestra.

Es un problema de rigor y de atención. Es como si nosotros no pusiéramos toda la atención de la que podríamos ser capaces a la hora de mirar la vida, como si nosotros padeciéramos un déficit de atención. Quien está sano es Kafka. Los enfermos somos nosotros.

«Josefine, la cantante»

«Josefine, la cantante o El pueblo de los ratones» es uno de los últimos relatos de Kafka, escrito poco antes de su muerte. Josefine es una cantante que canta para su pueblo, pero su pueblo no sabe muy bien si realmente canta o solo chilla.

Este relato es de 1924. Nadie ha escrito un cuento como este, va más allá de todo lo concebible. Hay que leerlo dos veces, una vez no vale. Te puedes hacer adicto a este relato.

Lo más sobresaliente en «Josefine, la cantante» es la creación de una arquitectura histórica de un pueblo despreciable. Es el pueblo de los ratones, pero también es despreciable la propia Josefine.

«Josefine, la cantante» es un abismo, un agujero negro. Nadie sabrá nunca de qué habla Kafka en este cuento en la medida en que nadie llegará a conocer el misterio de las sociedades humanas.

¿Qué demonios es una civilización, una sociedad?

¿Josefine chilla o canta? ¿Quién decide si es bella u horrible la existencia humana? ¿Nosotros, el pueblo?

Pero si somos un pueblo de ratones.

Además, qué diferencia puede haber entre chillar o cantar, esas diferencias son muchas veces inapreciables, por no decir inexistentes, sobre todo cuando somos nosotros, un inmundo pueblo de trabajadores, quienes decidimos.

Joyce, James

El escritor argentino Jorge Luis Borges escribió esto a propósito de la inevitable competición entre Joyce y Kafka por la medalla de oro de los Juegos Olímpicos de la Literatura:

> Yo estuve en los actos del centenario de Joyce y cuando alguien lo comparó con Kafka dije que eso era una blasfemia. Es que Joyce es importante dentro de la lengua inglesa y de sus infinitas posibilidades, pero es intraducible. En cambio Kafka escribía en un alemán muy sencillo y delicado. A él le importaba la obra, no la fama, eso es indudable. De todos modos, Kafka, ese soñador que no quiso que sus sueños fueran conocidos, ahora es parte de ese sueño universal que es la memoria. Nosotros sabemos cuáles son sus fechas, cuál es su vida, que es de origen judío y demás, todo eso va a ser olvidado, pero sus cuentos seguirán contándose.

Juventud

Franz Kafka no fue nunca joven. Tampoco fue nunca viejo. Siempre fue Kafka, inmóvil en el tiempo y en el espacio.

Kafka fue Kafka, un ser imposible de establecer en el tiempo de la juventud o de la vejez.

La juventud era vitalmente insuficiente para Kafka. Y bien mirado, objetivamente analizado, así lo es.

No conoció la decrepitud.

No hubo en él el clásico almacenamiento de experiencias y conocimiento del mundo que da, por ejemplo, la edad octogenaria.

Si lo lees bien, comprendes que sabía la fecha exacta de su muerte.

K

Bastó con una sola letra para nombrar a los protagonistas de sus novelas. La letra K. Desposeído de vocales, de todo adorno silábico, de toda concreción jurídica y ciudadana, de toda extensión en el espacio y en el tiempo que dura una palabra, Kafka se mutiló en una K. Es, sencillamente, pura belleza. Y también un dolor tan siniestro como incurable.

Kafka 2

En 1923 Kafka se trasladó con Dora Diamant a vivir a Steglitz, en la periferia de Berlín. Entonces era un pueblo a diez kilómetros de Berlín. Hoy es un barrio de la capital alemana. En ese periodo de 1923 Alemania vivía una inflación descomunal. Kafka pasó grandes dificultades económicas. En un periódico leyó que había otro checo viviendo en Berlín, que también se llamaba Franz

Kafka, y que había comprado una estupenda casa en la capital alemana.

Lo he llamado Kafka 2.

No tengo ni idea de qué fue de él.

Sin embargo, Kafka 1 no le tuvo envidia a Kafka 2, porque en 1923 aún había maneras de vivir, pequeños márgenes quiero decir, en los que la carencia de dinero no te convertía en un ser despreciable.

Kafka 1 o el verdadero Kafka malvivió en habitaciones de alquiler en los suburbios de Berlín.

En la primera casa en donde habitó la dueña le hizo la vida imposible.

Kafka 2 se compró una casa en el centro de Berlín.

Siempre hay alguien que se llama como nosotros y tiene más dinero que nosotros, eso lo podría haber escrito Kafka en su diario. Pero hubiera añadido algo que me está vedado, que es inasequible a mi inteligencia, algo que supondría un arte mayor de la revelación.

Tres domicilios tuvo Kafka 1 en Berlín, pero como dice Reiner Stach en su monumental biografía de Kafka: «Las huellas de Kafka en Berlín se han borrado. Unas cuantas postales a Puah, que se perdieron. Dos contratos firmados en la editorial Die Schmiede, que se extinguió en 1931 y cuyo archivo ha desaparecido. Un número desconocido de notas enviadas a Emily Salveter y Tile Rössler. Firmas en formularios policiales, en mostradores del banco, en tres contratos de arrendamiento, en los formularios de inscripción de la Escuela Superior de Ciencia Judía. Y sin duda otras cosas de las que nada sabemos».

Y yo me pregunto con los ojos inyectados en sangre si no podría resistir en algún sótano de algún banco de Berlín un resto de algún recibo firmado por Kafka y que sobrevivió a la Segunda Guerra Mundial.

Yo creo que sí, pero debe de estar sepultado, enterrado, ya lo encontraremos algún día.

Así como las cartas de Kafka que la Gestapo se llevó en 1933 de la vivienda de Dora Diamant. Se llevaron esas cartas pensando que contenían propaganda comunista, pobres hijosdeputa.

Porque lo más importante que pasó en Berlín durante todo el siglo XX fue que Kafka vivió un tiempo allí. Porque nuestro trabajo es conseguir que Franz Kafka sea más famoso y conocido que Adolf Hitler: ese es mi trabajo en este libro.

Esa es mi tarea.

Para eso estoy escribiendo este libro.

Kafkianismo

El kafkianismo es una sonrisa que los amantes de Kafka dejamos caer sobre el mundo, sobre la vida y sobre la muerte. Solo es agradecimiento. Quienes amamos a Kafka nunca estamos solos.

Cerramos los ojos, y lo vemos a él.

¿Para qué escribir una obra literaria que no nos acompañe siempre?

A mí en esta vida me han acompañado mi padre, mi madre y Kafka. Nadie más. Siendo así, podría incluso pensarse si Kafka no sería, en este caso mío tan extremo y probablemente desesperado, el mismísimo Espíritu Santo.

Klamm

Klamm es uno de los principales protagonistas de *El castillo*. Es un gran señor del castillo, es un anhelo, una forma corroída del alma humana, es un monstruo y es un portador de la llave que abre el sentido de las cosas. Es un personaje tan fascinante como peligroso y malvado. Nunca sabremos quién es. Su esencia es la lejanía. No se le puede ver. Tiene un montón de mujeres a su servicio. En teoría, fue Klamm quien contrató a K, el agrimensor.

Klamm siempre tiene asuntos muy importantes, no puede dedicarse a los problemas de la gente del pueblo.

A mí Klamm me parece una criatura sobrenatural, porque en realidad no es nadie humano de verdad. Es una superstición. Y lleva dentro la K, la K es siempre «yo, Kafka, estoy aquí». Todo son derivaciones de una K ancestral y universal.

Lo realmente importante es la letra K.

Kafka es una K rodante, una *Rolling K.*

Cualquier interpretación, por afortunada e intensa y sólida que sea, de la obra de Kafka será siempre inútil y perjudicial para quien expone esa interpretación.

Todo intérprete de la obra de Kafka acabará mal, porque así lo dispuso Kafka y sobre todo porque la vida NO PUEDE SER COMPRENDIDA NI INTERPRETADA. Escribo esto con mayúsculas porque es esencial en Kafka.

Kundera, Milan

El escritor checo Milan Kundera tiene un capítulo brillante sobre Kafka en su libro *Los testamentos traicionados*. En él habla de la kafkología, que existe como una rama del saber de la literatura. La kafkología viene a ser la interpretación ilimitada y versátil de la obra de Kafka, cosa que ha ocurrido, ocurre y seguirá ocurriendo. Decenas de ilustres intelectuales, profesores y escritores de todo el mundo leyendo y escribiendo sobre Kafka, más o menos eso es kafkología. En ese sentido, yo sería un kafkólogo, cosa que me parece bien.

Cabría añadir que toda la cultura occidental es pura kafkología.

Kundera desdeña todas las interpretaciones interesadas de la obra de Kafka, tanto las teológicas como las marxistas, o las existencialistas o las psicoanalíticas. Es decir, deplora las interpretaciones alegóricas de la obra de Kafka, cosa con la que yo, en mi opinión, no puedo estar más de acuerdo.

Lenguas

Kafka pertenecía a la pequeña comunidad de judíos de lengua alemana de Praga. Una comunidad lingüística que representaba el dos por ciento de la población praguense, que, como es natural, hablaba checo.

Esto no es en modo alguno una anécdota. Es una de las mayores y más salvajes y devastadoras ironías de la historia política y de la historia literaria del siglo XX. Resulta que el escritor más importante de la historia de la literatura en lengua alemana era judío. Pienso ahora en Max Brod y en la interpretación judaizante de la obra de Kafka. Cómo no pensar que Dios es ante todo sentido del humor. ¿Más humor que amor?

Hitler hablaba la misma lengua que Kafka y las tres hermanas de Kafka acabaron en campos de concentración nazis y fueron vilmente asesinadas.

Existe una foto de las tres hermanas de Kafka de niñas que cuando la ves se te rompe el corazón. Las tres hermanas de Kafka fueron exterminadas, no quiero ni pensar qué habría pasado si Kafka hubiera padecido este martirio. A las tres las quiso con locura. A las tres las dejó vivas cuando se marchó.

Por eso existe la posibilidad de que la tuberculosis laríngea que mató a Kafka en 1924 pudiera tener la extraña misión de salvar su existencia del nazismo y del estalinismo. Kafka son cuarenta años y once meses de Kafka. Si hubiera vivido setenta años, por ejemplo, y haber muerto en 1953, ¿qué habría pasado? Lo que pudo haber sido y no fue es también Kafka, lugares de su reino, habitaciones de su castillo.

Sus tres hermanas fueron asesinadas en campos de concentración del nazismo. ¿Lo vio desde la muerte, lo vio desde su ausencia corporal?

Si yo hubiera sido Ottla, Elli o Valli mi último pensamiento habría sido este: menos mal que no vio esto mi pobre hermano.

Kafka aprendió francés, y lo hablaba bien. Y aprendió checo. Le enseñó la lengua checa Milena Jesenská, pero no sabemos con certeza su nivel en esa lengua, si hubiera podido escribir en checo. Lo entendía y lo hablaba, eso más o menos se sabe. Al final de su vida aprendió también hebreo. Pero su lengua materna y la lengua en que fue escolarizado y educado y en la que cursó el doctorado en Derecho por la universidad de Praga fue el alemán.

Si Kafka hubiera escrito en checo, que era la lengua que le tocaba, yo no estaría escribiendo este libro.

El destino lo hizo nacer en Praga, y el mismo destino lo hizo nacer en una de las escasas familias de ese dos por ciento de lengua alemana que vivían en Praga.

¿Qué es todo esto? ¿Todo este asunto lingüístico en torno a Kafka? Es la mayor humillación intelectual que conocieron Hitler y su patético nazismo. El pobre imbécil de Hitler escribió su asqueroso libro (ni mencionaré el título) en la misma lengua que Kafka.

La mayor humillación que ha recibido Alemania en su historia se la propició un judío del extinto imperio austrohúngaro. Y lo más gracioso: Kafka no pertenece a la literatura alemana. No pertenece a la historia de ninguna literatura, y si hubiera que ubicarlo en alguna, tendría que ser en la historia de la literatura judía.

Me parece una explosión de belleza.

Siempre que pienso en Kafka hablando en alemán no consigo creérmelo del todo. Se ha dicho que su alemán era un poco raro y estaba acartonado, porque el alemán no era una lengua viva en Praga, era una lengua de gente rara. Era una lengua que no hablaba nadie, bueno, una minoría. Me gusta eso, me gusta que Kafka escribiera en una lengua que no hablaba nadie en su ciudad. En una lengua que hablaban ya, empero, los primeros nazis a trescientos cuarenta y nueve kilómetros de su ciudad, que es la distancia que hay entre Berlín y Praga.

Cómo pudo Hitler pensar en la misma lengua que Kafka. Es imposible que hablaran la misma lengua.

Cómo pudo Francisco Franco hablar la misma lengua en la que escribió Federico García Lorca.

Es el mismo caso.

Las lenguas salen dañadas y martirizadas y amputadas en las bocas de los asesinos y tienen que venir luego los poetas a sanar esas lenguas.

Esa es la tarea de la literatura: sanar lenguas.

Todas las lenguas del mundo son hermosas e iguales, pero la civilización y la historia y la sociedad y los estados no son hermosos ni iguales. Por eso, si Kafka hubiera escrito en checo no sería un escritor universal. Esto ya lo he dicho antes. Pero lo repito porque es necesario repetirlo. Porque muchos pensarán que eso no es cierto. Por eso lo repito. Porque es verdad. Una verdad desagradable y muy incómoda si quieres, pero por ser desagradable e incómoda no pierde ni un milímetro de verdad.

Literatura

No sabemos muy bien qué era la literatura para Kafka. No era una profesión ni un saber ni un arte. Kafka llamaba literatura a algo distinto de lo que histórica y socialmente se ha entendido por literatura.

No tenía una concepción histórica de la literatura. En una carta a Felice Bauer le confiesa lo siguiente: «Mi vida, en el fondo, consiste y ha consistido siempre en intentos de escribir, en su mayoría fracasados».

Escribir, para Kafka, no era hacer literatura. Esto no significa que lo que hacía Kafka fuese superior o más elevado que la habitual, histórica y reconocible labor de un escritor que escribe literatura. Simplemente, en un momento determinado de su vida, muy pronto, comenzó a escribir sin la bóveda histórica de la literatura como techo en el que encontrar amparo y tradición, sentido y trascendencia.

La escritura, la caligrafía, el amontonamiento de frases en una cuartilla, la tinta penetrando el papel, las palabras que iban saliendo de su piscología, todo esto era su pasión, la única cosa que le ayudaba a saber que estaba vivo.

Su obsesión no era hacer literatura sino escribir.

No encontró otra cosa en la vida que le salvara de la desesperación.

Y lo que encontró simplemente fue una desesperación controlable, funcional, objetivable.

Cualquier página de Kafka está, pues, al servicio del tiempo que costó escribirla, porque mientras escribía esa página, cuyo destino era un misterio, su vida lograba salir al menos por unos minutos de la desesperación y muy probablemente del suicidio.

Madrid

Un tío de Kafka vivió en Madrid y trabajó en la compañía de explotación de los ferrocarriles de Madrid a Cáceres y Portugal, donde llegó a ser director, un alto jefe. Se llamaba Alfred Löwy y era hermano de la madre de Kafka. Nació en Praga en 1852 y murió en Madrid en 1923, un año antes que Kafka. Así que un tío de Kafka hablaba español. Está enterrado en Madrid.

Algo del ADN de Kafka está enterrado en España, somos afortunados.

Siempre me digo que tengo que ir a ver esa tumba, porque vivo en Madrid. Pero me da miedo. ¿Y si me da por quedarme allí, al lado del tío de Kafka, buscar allí un acomodo, y esperar mi muerte al lado de la tumba del tío madrileño de Franz Kafka? Si el tío madrileño de Kafka hablaba español, eso significa que ya tengo intérprete para hablarle a Kafka.

¿Cómo debió de ser el entierro del «tío de Madrid»? Pues esa era la manera en que Kafka hablaba en los diarios de Alfred. Lo llamaba «el tío de Madrid». ¿Quién iría a su entierro?

¿Qué pensaría el tío de Madrid de la Puerta de Alcalá o de la Puerta del Sol o de la Plaza de Cibeles?

¿Le gustaba Madrid?

¿Dónde vivió? ¿En qué piso?

¿Qué hicieron con la ropa que dejó a su muerte «el tío de Madrid»?

Mal, El

A veces pienso que el contenido fundamental de la obra de Kafka es el señalamiento del Mal. El Mal moral, filosófico, metafísico, religioso, político, sexual. La existencia del Mal, porque todo puede ser interpretado, en un gran esfuerzo de dignidad y de honestidad, como gobierno del Mal.

No solo el Mal, con mayúsculas. También el mal ordinario, con minúsculas. Estamos mal cuando no encontramos sentido, cuando no nos basta lo que tenemos, estamos mal porque el tiempo y la muerte están allí, estamos mal porque no nos sacian el amor ni el sexo ni nuestro trabajo. Estamos mal porque no sabemos estar bien sin renunciar a nuestra inteligencia.

Simplemente, estamos mal.

Milena se drogaba, con cocaína y morfina.

Kafka murió en manos del Pantopon y la morfina. Por no hablar de las inyecciones de alcohol que los médicos le inyectaban en la laringe.

Siempre he pensado en esas inyecciones de alcohol, a la altura de 1924, con miles de tuberculosos y tuberculosas dando vueltas por el mundo, con una medicina en pañales. Una medicina primitiva, subdesarrollada, pues eso: inyecciones de alcohol en la laringe. Eso el que podía pagárselas. El que no, vete a saber qué hacía. Imagino que emborracharse hasta la muerte. Porque el alcohol sigue siendo la droga más barata de la historia. Se puede destilar hasta en tu casa.

Claro que los precios de la cocaína en vida de Milena eran precios populares, gracias a Dios. Como ahora una caja de ibuprofeno, eso calculo, más o menos.

Dios bendiga la cocaína que se tomaba Milena Jesenská, porque esa cocaína era justa y buena.

Por cierto, ya podrían volver a venderla en las farmacias, como en vida de Milena. En eso hemos retrocedido mil años.

Me gusta mucho esta frase que le dijo Milena a su amiga Margarete Buber-Neumann: «No sabes nada de alguien hasta que no le amas».

Mala educación

Muchos personajes de Kafka practican la mala educación como una forma siniestra de recordar al lector que está solo en el mundo y que los demás están también solos.

Se maltratan con las palabras, se torturan psicológicamente, especialmente en las tres grandes novelas. Eso a veces me recuerda a *Don Quijote,* donde el maltrato también es continuo, solo que Cervantes lo envuelve en la risa, y Kafka lo camufla detrás de las cortinas de lo arbitrario y de lo confuso.

Tanto Cervantes como Kafka ocultan el grado más alto de la mala educación: nos maltratamos los unos a los otros constantemente. Solo el hecho de que exista un «tú» ya es un problema para Kafka.

¿Qué hace en el mundo ese ser que no soy yo?

Kafka fue sincero. Nosotros no lo somos. Él pensaba que jamás podríamos salir del infierno de nuestra soledad. Y dentro de nuestra soledad tampoco hay nada que resulte relevante.

Kafka también te odia y te maltrata.

Y sin embargo, se lo agradeces, y cuando cierras un libro suyo, el libro sigue en tu cabeza y no produce solo pesadumbre, causa también una extraña forma de fervor inacabable, de liberación.

Misterio

La literatura de Franz Kafka expresa el misterio de la vida desde una información compleja que nosotros no poseemos. Esa información solo la tiene el narrador de las historias kafkianas, y parece como si la posesión de esa información fuese un espejismo, un desagradable malentendido.

Es una literatura que sabe ver la verdad durante una milésima de segundo, y después de esa visión aparece una enmienda que sugiere que no puede haber ninguna forma de certeza, lo que linda con el desvanecimiento de esa verdad que crees haber visto durante una milésima de segundo en una página de Kafka.

Este es el problema: el misterio de que no exista la verdad o, si existe, da lo mismo. No es relevante esa existencia. Pues si nunca hemos sabido qué hacer con el misterio de la vida, ya me dirás entonces qué demonios vamos a hacer sobre el mundo especulativo de Kafka sino hablar sobre él en una conversación infinita y temeraria.

Una conversación interminable sobre Kafka es la obra de Kafka.

¿Era Kafka un visionario? ¿Un profeta? No lo creo. Era una singularidad, eso es más asequible a nuestro entendimiento actual.

La singularidad descansa en una simetría entre vida y obra. Los hechos de la vida de Kafka son el único camino que existe para interpretar la obra alegórica de Franz Kafka. De ahí que la extraordinaria biografía de Reiner Stach sea una obra imprescindible para entender la obra de Kafka. Vida y obra en Kafka son lo mismo. Por eso siempre habrá antikafkianos. Especialmente escritores contrarios a Kafka. La obra de Kafka arroja una voluntad de trascendencia que resulta irritante para quienes tienen un sentido placentero, hedonista o social de la literatura.

Y sin embargo, a Kafka la trascendencia que late en su literatura solo le servía a él. Una trascendencia que no quería darle al mundo. No existen los lectores, no existe el tú y el vosotros en la obra de Kafka. Se han borrado todos los pronombres personales. Tampoco existe el «yo».

La obra de Kafka manifiesta la presencia de lo sobrenatural en la historia de la humanidad, pero una vez afirmada esa presencia, se le hurta todo crédito y queda sumida en una ensoñación temible.

Eso es Kafka.

Y cuando el lector, de manera inconsciente, recibe la afirmación y el descrédito de lo sobrenatural de forma simultánea, se convierte poco a poco en un adicto a Kafka. Llegas a creerte que eres un amigo personal de Franz Kafka.

Te ha robado el alma.

Muertos

Todos cuantos amaron o trataron a Kafka murieron de una manera diferente a como muere la gente común, pues se fueron de este mundo sin la protección del anonimato. Kafka hizo públicas sus muertes. Sus cuatro grandes amores son públicos: Felice Bauer, Milena Jesenská, Julie Wohryzková y Dora Diamant. Felice y Dora sobrevivieron al nazismo; Milena y Julie no. Pero las cuatro han sido estudiadas y asediadas por los especialistas en Kafka. Y por supuesto ha sido estudiada toda la familia de Kafka, y todos los amigos de Kafka, especialmente Max Brod.

Ninguno de cuantos atesoraron una relación íntima con Kafka tuvieron una muerte tranquila. Se les estudia porque conocieron a Kafka. Se investiga quiénes fueron. Son objeto de investigaciones no históricas, sino casi policíacas.

Kafka creó un cuerpo de policía; kafkiano, claro.

Una vez que Kafka te apresa, quieres conocer a quienes él conoció. Como si eso pudiera ayudarte a enfrentarte al enigma de la obra de Kafka. Y da la sensación, por cómo se comportaron sus amigos y sus novias, que esos amigos y esas novias sabían que eso pasaría en el futuro.

Hemos perdido treinta y cinco cartas a Dora Diamant. Fueron incautadas, es decir, robadas, por la Gestapo. Pero es muy posible que no fueran destruidas. Puede que aparezcan algún día.

Tenemos la esperanza de encontrar algunos restos de ese Titanic, para saber qué pasó, por qué escribió así, qué vio para acabar escribiendo así.

Nabokov, Vladimir

El gran escritor ruso Vladimir Nabokov escribió esto sobre Kafka: «Es el escritor alemán más grande de nuestro tiempo. A su lado, poetas como Rilke o novelistas como Thomas Mann son enanos o santos de escayola».

No puedo estar más de acuerdo.

Es como comparar un Seat 600 (Rilke) o un Renault 12 (Thomas Mann) con un Ferrari.

En Kafka todo es excepcional.

La montaña mágica es una maravillosa novela, sin duda. Pero es un Renault 12. No es un Ferrari, como es *El castillo*.

Tanto un Renault como un Ferrari vienen a hacer lo mismo: llevarte de un sitio a otro, por eso muchas veces puedes confundirlos. Hasta que un buen día te da por observar los dos coches con atención. Hay mucha gente a la que le basta con que le lleven de un sitio a otro, que es lo que hacen los coches y las novelas. Pero otra gente, como digo, un buen día se queda mirando la tapicería, la forma del automóvil, las ruedas, el volante, el salpicadero, y se dan cuenta de la singularidad frente a la normalidad, a la corrección. Pero ya digo que la mayoría lo que quiere es ir de un sitio a otro. Sin embargo, cuando reparas en los asientos y en el volante, en la singularidad que se respira, ya no quieres ir de un sitio a otro de cualquier forma. Entonces sobreviene el triunfo de Kafka.

Eso es lo que quiso decir Nabokov.

Nazismo

La misión secreta del nazismo era acabar con la obra de Kafka. No lo consiguieron, pero asesinaron a sus seres queridos y destruyeron cartas y manuscritos de Kafka. Y siguen siendo responsables. Atacar a Kafka no prescribe ni en un millón de años.

Por eso jamás de los jamases Kafka pertenece o pertenecerá a la historia de la literatura alemana. Lo saben bien los alemanes. Kafka no los quiere. Usó su lengua porque el destino es irónico y perverso. Aunque el alemán de Kafka es otro alemán. No es el alemán de los alemanes, es otro. Kafka detesta al pueblo alemán, a excepción de Goethe, pero más bien a una idea de Goethe.

El nazismo fue un movimiento literario de una mediocridad inenarrable. Su obsesión: destruir los manuscritos de Kafka, a quien envidiaban hasta la desesperación.

El filósofo nazi Heidegger odiaba a Kafka, porque Kafka fue bondad y él, Heidegger, un tipo que aplaudía a los asesinos. Ya ves tú de qué sirve la cultura en manos de los cobardes.

La mayor condena universal del nazismo es la obra de Kafka. Como la obra de Kafka es inmortal, el nazismo nunca será perdonado, pues es justo que así sea. No existe el perdón para el pueblo alemán, y eso es Kafka también.

Las hermanas, las novias, los amigos, las cartas, los manuscritos, todo eso destruyeron esos malditos hijos de puta, que aún siguen, que aún están allí. Hay una lucha permanente entre Kafka y Hitler.

También entre Kafka y Stalin.

De hecho, Kafka puede con los dos.

Porque Kafka es el triunfo de la literatura y de la inteligencia sobre los asesinos y sobre los amigos camuflados de los asesinos.

La guerra la perdió Hitler no en 1945 sino en 1939, cuando Max Brod salió de Praga con los manuscritos de Kafka en una maleta.

La maleta de Brod contenía la victoria sobre el nazismo.

Novela

He leído críticos que a las tres novelas de Kafka las llaman «narraciones largas». Podrían ser una trilogía: *América*, *El proceso* y *El castillo*. Como no podía ser de otro modo, el concepto de novela en Kafka no se parece a ningún concepto de novela que la historia de la literatura ha sabido conformar. Desde luego, la novela europea del XIX, de Dickens a Flaubert, o de Balzac a Tolstói, se aleja a la velocidad de la luz de las novelas de Kafka. Acaso las novelas de Dostoyevski sí tengan elementos cercanos a Kafka. Pero lo más prodigioso es que da la sensación de que sea el concepto de novela de Kafka el que haya influido en el concepto de novela de Dostoyevski, un trastorno temporal de la historia de la literatura.

Kafka usó el molde genérico de novela: espacio, tiempo, personajes, casas, caminos, un argumento, diálogos, pero con todo eso hizo lo que le dio la gana. Sometió la novela a su voluntad de abismo. La novela daba igual, era una carrocería, lo importante era el motor. Daba igual el argumento, porque el argumento no tenía fin en sí mismo.

Ñoño

Dícese del típico escritor, español o de cualquier nacionalidad, que desprecia la obra de Kafka porque intentó leerla y como no se parecía en nada a lo que él o ella estaba escribiendo decidió que eso no valía una boñiga. Hay que ser muy ñoño o ñoña. Ñoño es peor que tonto. Ñoño es un ser kafkiano.

Ofensas

La vida social es un intercambio de ofensas. Nos ofendemos los unos a los otros y eso es la vida en comunidad. Por eso Kafka al final ya no quería ver a nadie, para no ser ofendido ni ofender.

Creo que Kafka era incapaz de ofender a nadie. Y sin embargo, sus personajes no cesan de ofenderse y humillarse.

¿Quería encarnar la ofensa hasta sus últimas consecuencias?

¿Se sintieron ofendidas Felice Bauer y Milena Jesenská? Pues en ambos casos fue él quien terminó la relación. ¿Le ofendían ellas a él?

Creo que Kafka veía el mundo como una ofensa dirigida expresamente contra él. Y veía que esa ofensa descansaba sobre la arbitrariedad y el capricho. Sus personajes se rigen por ambas cosas, y ofenden y se ofenden.

La mayoría de la gente convive con la ofensa permanente de los otros. Acaban invisibilizando la ofensa. El trabajo de Kafka era representar y visibilizar la ofensa. Toda una literatura para manifestar la verdad esencial de los seres humanos: nos ofendemos de continuo los unos a los otros.

La única manera de no ofender ni ser ofendido es no estar, desaparecer. Los personajes de Kafka se ofenden sin necesidad, tal como hacemos los seres humanos. Esa ausencia de necesidad es peor que la ofensa en sí misma. Por eso no sabemos por qué se ofenden esos personajes de las narraciones kafkianas. No sabemos por qué se odian, porque no hay necesidad ni razón para ello.

Kafka estaba copiando nuestras vidas en sus libros, pero nosotros hemos naturalizado la ofensa. De vez en cuando aparecen seres humanos que no la soportan. Y gracias a ellos podemos volver a verla, volver a ver la ofensa.

Y está allí, y nos degrada.

Al menos verla, ver la ofensa, es lo mínimo que podemos hacer. Nos destruimos al verla. Temblamos y nos deprimimos.

Mejor no verla, entonces no leas a Kafka.

Por mucho que integres en tu vida la ofensa, no desaparece, se nutre de ti y te va pudriendo el alma.

Polak, Ernst

Fue el primer marido de Milena Jesenská, el gran amor de Kafka. Era escritor, profesor de Filosofía y crítico literario en la Praga de los años 20. Era bilingüe, hablaba checo y alemán. He leído muchas cosas sobre cómo trató Polak a Milena. La trató fatal. La engañaba con otras mujeres y la menospreciaba.

Murió en Londres, en 1947.

Fue uno de los primeros entusiastas de la obra de Kafka, antes que nadie, o a la vez que Max Brod.

Recordamos a Polak porque Kafka se enamoró de una mujer a la que él despreciaba y sin embargo Polak era un admirador confeso y apasionado de la obra de Kafka.

Una trilogía kafkiana de amor y desprecio.

Kafka ama a la mujer de un hombre que este desprecia, y sin embargo este hombre ama la obra de Kafka.

Se dice que el nombre de Klamm, uno de los seres malignos de *El castillo*, es un juego de palabras que remite a Polak.

La última amante de Polak quemó a finales de los años cuarenta todo su legado, donde había cientos de cartas y manuscritos y fotografías y documentos de toda la época literaria de la Praga de los años 20. Alguna foto de Kafka habría allí, y muchas de Milena, seguro.

También nosotros tiramos cartas y papeles. Antes los quemaban, que es mucho más romántico, porque tenían estufa de leña, ahora simplemente los tiramos en el contenedor de papel y cartón.

Nunca, en el presente, se sabe distinguir lo que importa de lo que no importa a la hora de deshacernos de los equipajes pesados.

Uno sí lo supo: Max Brod.

Praga

Kafka nació en Praga y allí vivió casi toda su vida, aunque también lo hizo en otras ciudades, sobre todo Berlín. Pero Praga es la ciudad de Kafka de manera aplastante. También de manera aplastante la Praga en la que vivió Franz no se parece en nada a la Praga actual. La Praga en la que nació Kafka tenía doscientos mil habitantes. No había coches. La gente caminaba. La gente iba al café, a la casa de otra gente amiga, caminando. En cinco minutos me planto en la casa de Kafka, a ver qué está haciendo. Todos los escritores y escritoras de Praga se conocían y se visitaban. La amistad era importante y era distinta a la actual.

En cualquier capital del mundo civilizado hoy esto es imposible. Los escritores raramente se ven con la frecuencia con que Kafka veía a sus amigos, especialmente a Max Brod, pero también a otros como Oskar Baum, Franz Werfel, Willy Haas, o Felix Weltsch, por citar algunos importantes.

No se puede entender la literatura y la vida de Kafka sin saber esto. Sin saber y sin considerar que vivió sin prisa, que vivió en el mundo de la lentitud, porque esa lentitud explica la manera de ser de Kafka.

Vivió pocos años, pero los vivió despacio, fijándose con mucho detenimiento en cada hora que pasaba. No había ruidos mecánicos ni obras en las calles. No había semáforos. No había más que casas con pisos grandes y una sociedad irreal a nuestros ojos.

La obra de Kafka tiene una virtud especial: resucita a todos los seres humanos con quienes trabó amistad o mero conocimiento. Resucita a toda una ciudad. Esto solo pasa con Kafka. A mí no me ha pasado con ningún otro escritor. Kafka te obliga a pensar en las existencias de todos aquellos que fueron sus contemporáneos.

El primero, obvio, es Max Brod.

Pero acabas sintiendo la necesidad de saber quiénes eran todos los demás. Todo aquel que habló con Kafka tuvo una inmensa suerte. ¿Lo supo en ese momento? Muchos sí lo supieron.

Presley, Elvis

Elvis medía un metro ochenta y tres y Kafka un metro ochenta y dos. Prácticamente medían lo mismo, pues yo estoy convencido de que Kafka medía un metro ochenta y dos y cincuenta milímetros, y a Elvis le faltaban cincuenta milímetros para el metro ochenta y tres.

Siempre me ha parecido que esta coincidencia de estaturas quería decir algo. No aceptaríamos a un Jesucristo de un metro y sesenta centímetros.

El cristianismo se hundiría.

Elvis murió con cuarenta y dos años y Kafka a un mes de cumplir los cuarenta y uno.

Los dos fueron seres espirituales, de enigmático comportamiento. Fueron dos singularidades abarcadoras.

Y los dos eran guapos.

Los dos tenían tupé, pues hay una foto histórica de Franz Kafka en donde aparece con medio palmo de tupé.

El tupé lo inventó Kafka y no Elvis. Los grandes tupés son bosques en donde se esconde el alma revolucionaria.

Y Franz y Elvis bailaban.

Elvis bailaba con la vida en un escenario.

Kafka bailaba con la vida en un libro.

Los dos han sido importantes en mi vida, me han ayudado a pensar en la alegría, los dos parece que están allí para echarte una mano, aunque sea una mano invisible. Los dos, en un ejercicio de fe, elevan la condición humana hacia un lugar desconocido.

Los dos afirman la teoría de los elegidos. Una de las maravillas de los elegidos es que extienden y difunden y regalan universalmente el acto profundo y misterioso de su elección.

Al estar con ellos, su elección pasa a ti, por eso son dos elegidos. Gente que nació para compartir su cuerpo y su alma con la humanidad entera. Aunque el alma no exista, mejor estar al lado de Elvis y de Kafka que de cualquier otro. Si Kafka hubiera vivido ochenta años podrían haberse conocido.

Sin ellos dos, la oscuridad sería infinitamente más poderosa, eso quiero decir, es muy sencillo. ¿Hubo una señal de lo sobrenatural en ellos? No tengo la menor idea. No creo en nada, pero si oigo la voz de Elvis y escucho las palabras de Kafka, todo mejora.

Nos dijeron algo terrible: morir a los cuarenta años también significa algo, pero el qué. No lo sé, pero barrunto alguna razón que por vergüenza no me atrevo a decir.

Puede ser la palabra «intensidad». Las vidas intensas duran menos. En ambos se da la presencia de un misterio que no tiene racionalidad, pero sí utilidad: ese misterio mejora la vida de quienes contemplamos el misterio.

Proust, Marcel

El autor de *En busca del tiempo perdido* nació en 1871, doce años antes que Kafka. Murieron casi a la par. El parisino en 1922 y el praguense en 1924. Los dos edificaron la psicología, la moral y la perturbada existencia del ser humano del siglo XX, y lo hicieron cuando el siglo XX acababa de comenzar. Es como si lo más relevante que se vaya a decir sobre el siglo XXI se hubiera manifestado ya en el año 2018, o 2019, o 2020, o 2021, o 2022, o 2023, o 2024. No podríamos aceptarlo, pues eso ocurrió con Proust y Kafka, que vivieron el mismo tiempo histórico. El francés aguantó diez años más entre nosotros, se lo llevó una neumonía. No se conocieron jamás. No se leyeron nunca. Nada sabía el uno del otro. Y pudieron haber coincidido por azar, por un supremo azar, en algún café de París, en alguno de los viajes de Kafka a la capital francesa. Podrían haber sido amigos. Pero no lo fueron. Qué tristeza, qué soledad, qué terroríficamente solos están los dos: el parisino y el praguense, cada uno en su tumba. Uno en su tumba de París. El otro, en la suya de Praga. Yo ahora los leo a los dos, y a los dos los entiendo y a los dos los junto en una hermosa armonía y hermandad que yo me invento. Y a los dos los veo como a dos grandes amigos que jamás se conocieron ni se trataron ni se leyeron. ¿Habría entendido el uno la obra del otro? Esta pregunta me calcina el corazón.

Quijote, don

Kafka escribió esto: «La desgracia de don Quijote no es su fantasía, sino Sancho Panza». Si me hubieran hablado de esta frase los catedráticos de literatura de universidad que me dieron clase habría entendido antes qué es la literatura.

Sin embargo nunca mencionan esta frase los expertos académicos en Cervantes, porque no la entienden. Hay miles de cervantistas en este mundo que no entienden esa frase, que es la mejor observación que he leído en mi vida sobre el Quijote de Cervantes.

El Sancho Panza de Kafka fue la tuberculosis a la laringe. Porque también nos dijo esto: «Me he estado muriendo toda mi vida, y ahora me moriré realmente».

Respeto

Todos los más grandes escritores de la historia han recibido críticas de escritores posteriores. Es famosa la opinión de Bukowski sobre Shakespeare, a quien tildó de pesado. Hay legión de insultos al *Ulises* de James Joyce. Son legión los lectores que no soportan ni soportarán ni soportaron a Marcel Proust. Hasta contra Cervantes se han esgrimido descalificaciones.

No ocurre eso con Kafka.

Bueno, hay un suceso y una excepción muy notable al respecto. El escritor español Eduardo Mendoza dijo en público que Kafka era un mal escritor y que por eso mandó quemar sus libros, porque sabía que sus libros eran malos. Mendoza no soportaba a Kafka. Sus palabras están colgadas en YouTube con el título «Kafka era un mal escritor y él lo sabía».

Como gran gratificación a esta descalificación a Kafka, Eduardo Mendoza recibió el prestigioso premio Kafka de Literatura.

Esto son cosas de Kafka. La mejor forma que tuvo Kafka de humillar a Eduardo Mendoza fue regalarle el premio Kafka.

También debe ser denunciada la ignorancia de ese jurado, que le dio el premio Kafka al único escritor del mundo que odiaba a Kafka.

Es una especie de sadismo kafkiano.

El único escritor del mundo que odia a Kafka recibe el premio Kafka de literatura. Es como darle el premio Cervantes a Lope de Vega.

Por eso hay algo siniestro siempre en el intento humano de solemnizar la literatura, y, como digo, no debemos descartar la mano del fantasma de Kafka en todo esto. Más bien esa mano decidió darle el premio Kafka a un odiador de Kafka para que luego se viera en la necesidad de retractarse.

Pues el colmo de la risa kafkiana viene luego, en el año 2015, que es el año en el que Mendoza recibe el premio

Kafka. Ahora hay que volver de nuevo a YouTube y ver el vídeo que el Instituto Cervantes de Praga subió a las redes, festejando el gran acontecimiento de que un escritor español recibiera un premio tan importante. En ese vídeo Mendoza alaba y adora a Kafka, todo es ditirámbico.

¿Qué ha pasado en tanto solo cinco o seis años?

La pasta, ha pasado la pasta con que está dotado el premio Kafka.

Para Mendoza el dinero lo es casi todo, muy probablemente para mí también, pero para Kafka no era importante. Y eso es demostrable con la vida que llevó. Mendoza y yo mismo hemos elegido el dinero porque tenemos miedo a morirnos de hambre. Es el miedo que Kafka no tuvo. Kafka eligió otra cosa, pero nadie sabe decir qué fue exactamente lo que eligió. Brod diría que la santidad. Milan Kundera y otros dirán que la vida salvaje o la vida sin dimensiones espaciales y temporales. Estaban diciendo lo mismo, Brod y Kundera y Canetti, lo mismo.

Sin embargo, nadie sabe qué eligió Kafka.

Es muy difícil creer en la literatura si no está la pasta de por medio, pues corres el riesgo, a estas alturas del siglo XXI, de parecer un auténtico chiflado.

En Kafka jamás aparece el amor al dinero. Su vida fue de una austeridad preocupante. No tuvo ninguna propiedad. A su muerte no dejó ni un céntimo. El entierro lo pagó su padre. Su pobre padre, de quien tantas cosas malas dijo.

¿Cómo supo hacerlo? ¿Cómo supo vivir sin la presencia del dinero? A veces el propio Kafka hablaba de su tacañería. Lo justo: un cuarto, una cama, un abrigo, un sombrero, un traje de esos con un cuello alto, la corbata, los zapatos y una sopa de verduras, porque Kafka era vegetariano.

Una zanahoria, un puerro, una cebolla y una patata, eso fue el estómago de Kafka durante toda su vida. Parece triste, pero no lo es. Con Kafka siempre pasa eso, que parece triste, pero no lo es en absoluto.

Porque en Kafka una zanahoria puede convertirse en una criatura sobrenatural, en un misterio que abrasa tus ojos.

Cuidado con el vegetarianismo de Kafka, porque hizo de los vegetales un arte de vanguardia.

Resurrección

Si como afirman las religiones existe la resurrección, sería magnífico y kafkiano que resucitase no toda la humanidad, sino un solo ser humano representativo.

Que resucite, entonces, Franz Kafka.

Sería la resurrección más cruel.

No me dejasteis a solas con mi nada, diría Kafka.

Y no os bastó conmigo, sino que expusisteis a la mirada pública a toda mi familia, a mis amigos, y a las mujeres a las que me amé y me amaron.

Pero nada de cuanto dijisteis era verdad.

No acertasteis en nada más allá de mi fecha de nacimiento y de mi muerte. Os lo inventasteis todo.

No me reconozco en ninguna de los cientos de biografías que escribisteis sobre mí. En ese sentido, me quedo tranquilo, pues sigo sin ser capturado. Sigo libre, en el olvido profundo.

Risa

Cabe la posibilidad, y es altamente probable, de que mucha gente se haya reído de ti a lo largo de tu vida. En conversaciones donde, claro, tú no has estado presente. Pero incluso en la que has estado presente.

La gente se ríe de la gente.

Critican, censuran, degradan, humillan, insultan; juntas a dos seres humanos y se ponen a injuriar con mala fe a un tercero, y así se sienten mejor.

Eso también es Kafka: el ultraje del otro.

Ruidos

Lo dicen sus biógrafos y todos cuantos fueron sus amigos: Kafka no soportaba los ruidos. Al final de su vida usaba tapones de cera. A Proust le pasaba lo mismo. Proust hizo colocar corchos que le sirvieran de aislamiento acústico en las paredes de su piso de París.

El terror al ruido no es anecdótico. Tanto Kafka como Proust distinguían entre sonido y ruido. El sonido es el viento, la lluvia, un río, el mar, los pájaros o la música. El ruido es la presencia acústica de la civilización o de las conversaciones de los otros. Es una degradación del sonido que te recuerda que eres esclavo de un tiempo histórico.

El ruido es la fealdad profunda.

Me puedo imaginar al pobre Franz desesperado, porque a mí me pasa lo mismo. Trepanándote el oído con tapones para que el mundo te deje en paz, para no oír la conversación del cuarto de al lado, para poder escuchar solo el latido de tu cuerpo.

¿Cómo serían los tapones de cera que Franz usaba en la década de 1920? ¿Hay algún museo en el mundo dedicado a la lucha contra el ruido?

Salvavidas

¿Puede Kafka salvarte la vida? Yo creo que sí. Porque te recuerda que hubo un ser humano en este mundo más allá de las leyes que rigen este mundo. Si piensas en él sobreviene en tu corazón una nube de amor y júbilo.

Pero, amigo mío, hay que leerlo.

El salvavidas se activa si lo has leído, claro.

He leído a decenas de escritores que no tienen servicio de salvavidas.

De hecho, Kafka es el único que ofrece este servicio sin recargo. Es una tarifa plana.

Sobrenatural

Creo que esta es la gran palabra de este diccionario, la más importante, la que puede iluminarnos y convertirnos en seres tolerantes. He preferido la palabra «sobrenatural» a la palabra «divino» o «judío» o «político» o «marxista» o «psicológico» o «existencial», porque creo que es una palabra de consenso para todas las posibles interpretaciones de la obra de Kafka.

Es verdad que al final de su vida Kafka abrazó el judaísmo, pero no era sionista. Brod pensó que la presencia (mejor decir lejanía) de Dios que hay en la obra de Kafka estaba por encima del propio Kafka.

Aquí hay un cisma kafkiano.

Las interpretaciones seculares y paganas se han impuesto en las últimas décadas. Estas son de carácter político y psicológico, y afirmarían que la obra de Kafka es un aviso de la llegada de los totalitarismos del siglo XX (Hitler y Stalin) y una crítica a las burocracias y al tratamiento humillante y alienante del ser humano por los estados modernos, o la culpabilidad sin culpa del pueblo judío.

Todo cabe, toda interpretación es viable. Todas las lecturas son válidas. Parece como si Kafka te dijera: «Haz conmigo lo que quieras, porque sea como fuere acabará siendo un acto de nula repercusión en la naturaleza de las cosas y del mundo».

Y sin embargo la presencia de lo que yo llamaría «lo sobrenatural indefinido» está por todas partes. Sabes que lo que te está narrando Kafka ocurre en otra dimensión que resuena en tu alma, que abre la puerta de una sala de estar desconocida en tu interior. Es la presencia de lo sobrenatural, no la presencia de lo extraño, de lo raro o de lo absurdo. Sino de aquello que no podemos ver y además no serviría de nada verlo.

Puedes llamarlo Dios, la Historia, el Mal, la Nada, el Fracaso, la Tiranía, la Alienación, la Soledad. Admite todos los nombres. Ver esa dimensión sobrenatural de la vida de los seres humanos sobre la tierra produce esperanza, aunque sea una esperanza en medio de la obscenidad, de la humillación y de la injusticia.

Llegar a saber el sentido de lo sobrenatural en Kafka es imposible. Las historias de sus relatos y de sus novelas son impermeables. Es una literatura blindada contra la interpretación unilateral.

Los marxistas pensaron que K., por el hecho de ser agrimensor, venía a arrebatarles la tierra a los burgueses y devolvérsela al pueblo. Ojalá fuese así de fácil. Claro que si fuese así de fácil a mí Kafka no me habría interesado jamás y no estaría escribiendo este libro.

¿Estaba hablando de la lejanía de la gracia de Dios, como nos dijo Max Brod? Ojalá fuese así de fácil. Kafka sería un místico judío y yo tampoco estaría escribiendo este libro.

Puede que Kafka hable de Dios, pero es un Dios a quien los seres humanos le repugnan. Eso ya es más Kafka, ya nos sentimos mejor. Un Dios tullido, enfermo, voluble y cansado, que duerme todo el rato. Un dios que ronca y al que se le cae la baba. Una basura de Dios, que lo único que hace es beber cerveza y acostarse con todas las mujeres del mundo.

Como Klamm y sus cientos de amantes, todas despreciables, y despreciable él mismo, que siempre tiene una cerveza delante y se queda dormido debido a su propia inconsistencia moral y física.

Todo es sobrenatural indefinido, nadie sabe lo qué está pasando pero está pasando la condición humana. La tienes delante. Nadie te la había contado así, por eso el lector experimenta euforia.

Caos, crueldad y euforia, y todo esotérico, fantasmal, sobrenatural.

Todos los personajes de las narraciones de Kafka son Kafka, el abominable.

Solo

Kafka está solo en la historia de la literatura universal. Todos los demás escritores se parecen. Un poco o mucho, pero todos se parecen. No sé, Flaubert tiene muchas cosas de Cervantes. Homero y Virgilio parecen gemelos. Tolstói y Balzac podrían haber sido amigos. Dante y el poeta T.S. Eliot se querían. Joyce y Proust podrían ir de la mano a regañadientes. Emily Brontë y Virginia Woolf eran hermanastras, pero se querían. Faulkner y Hemingway podrían cenar juntos. Pío Baroja y Unamuno podrían pasear juntos por el Retiro y luego tomarse una gaseosa o un café, o las dos cosas.

Todos se parecen, menos uno.

Kafka está solo.

Completamente solo.

Nadie quiere estar a su lado.

¿Por qué?

Es un misterio kafkiano.

Estar solo en la historia de la literatura universal es patrimonio de un único e irrepetible escritor: Franz Kafka.

Si no me crees, léelo, y comprobarás que no se parece a nadie.

Ni siquiera sabes por qué está allí, en la historia de la literatura, y no en otra parte. Es más: Kafka sugiere que debería estar en otro sitio que no fuera la historia de la literatura occidental.

¿Pero cuál es ese otro sitio?

Es una pregunta kafkiana.

Soltero

Me parece muy sutil y acertadísima y casi definitiva esta observación de Reiner Stach: «Franz Kafka es el soltero de la literatura mundial. Nadie, ni el lector más libre de prejuicios, puede imaginárselo al lado de una "señora Kafka", y la imagen de un cabeza de familia de blancos cabellos a cuyos pies juegan los nietos es enteramente incompatible con ese personaje espigado, de sonrisa cohibida, tempranamente maduro y tempranamente extinguido al que llamamos Kafka».

Kafka se quedó soltero porque no quería aceptar la superstición de que es posible estar acompañado en esta vida. No quería falsedades, o renuncias. La soledad es el estado de la materia. La soledad es el fundamento del universo.

¡Cómo negar esas verdades tan espectaculares y absurdas!

Sueño, Un

Tengo un sueño: quedo a comer un día en alguna taberna de la Praga de 1920 con Kafka, Milena y Max Brod. Una comida para cuatro. Yo no hablo alemán, pero les rogaría a los tres que aparcaran el alemán (además, Milena no lo hablaba muy bien) y que usáramos el checo, lengua que hablo tan bien como el español.

Comemos los cuatro.

Yo me quedo mirando a Kafka y Kafka me mira.

Y de repente me dice: «Dele usted muchos recuerdos a mi tío de Madrid, se lo ruego, es una persona muy querida en mi familia, casi no recuerdo su rostro, pero nos escribimos a menudo, dígame cómo es Madrid, si es tan amable».

Y lo dice en español.

Os imagináis que Kafka hubiera escrito en español.

Era imposible.

También era imposible que escribiera en inglés o en francés.

E incluso en alemán, y es verdad que escribió en alemán, pero en él no parece alemán.

Yo creo que escribió en una lengua mágica e inventada que pasaba a la página en forma de alemán, porque tenía que encarnarse en sonidos conocidos.

Suicidio

Siempre he pensado que la tuberculosis a la laringe, que fue el diagnóstico médico que recibió Franz Kafka y la causa de su muerte dolorosísima, no se trató sino de una imprecisión más de su expediente administrativo. Yo creo que Kafka se suicidó de manera kafkiana. Vio que su faringe era un misterio y en ese misterio inoculó la bacteria de su propia inteligencia y el resultado fue una huida desesperada.

Tenía una mujer al lado cuando se murió. Estaba a su lado Dora Diamant. Nada menos que el ser humano complejo y afortunado que se adivina en las fotos que se conservan de ella.

Retrato de Dora Diamant.

Dora había nacido en Polonia en 1898. Fue el último amor de Kafka y tenía quince años menos que él. Kafka tenía cuarenta años y se estaba muriendo y Dora veinticinco y comenzaba a vivir. Y se amaban y querían casarse. Y Dora lo vio morir. Cogió su mano moribunda. No se le ocurrió preguntarle qué había querido decir con sus tres grandes alegorías: *América*, *El proceso* y sobre todo *El castillo*.

No te mueras aún, amor mío, sin decirme quién es Klamm.

No te mueras aún, amor mío, sin decirme quién es K.

Pero no te das cuenta de que me marcho en plena oscuridad.

Ella tuvo la última oportunidad de preguntarle por la identidad de los señores del castillo, qué demonios significaba esa novela, ese enigma trascendental, ese mensaje helado y ardiendo al mismo tiempo que Kafka legaba al tiempo infinito.

¿Qué demonios estabas viendo cuando escribías *El castillo*, amor mío? Porque estabas viendo acontecimientos y seres humanos que no son de este mundo, y tú lo único que hacías es trasladarlos a unas páginas, pero no eran seres inventados.

No eran seres inventados.

Éramos nosotros.

Desde la muerte de Kafka, el 3 de junio de 1924, hasta la muerte de Dora Diamant, que ocurrió un 15 de agosto de 1952 en Londres, pasaron veintiocho años. Son muchos años.

Lo olvidaría, claro.

Pues Dora se casó, tuvo una hija, sufrió la segunda guerra mundial y se murió en un agosto londinense.

¿Era posible olvidar a Kafka?

¿Qué pensaría el marido de Dora de ese noviazgo apasionado con Kafka?

¿Y la hija, qué pensó la hija de todo este asunto?

Todo lo que tocó Kafka se cubrió de un velo sobrenatural, que pasó de una generación a otra.

Sujeto paciente

¿Quién vivió la vida, con sus gracias y sus desgracias, de Franz Kafka? La respuesta es objetiva: un cuerpo, un ser humano llamado Franz Kafka. El sujeto paciente de nuestras vidas somos nosotros. Nada nuevo, ya lo vimos en san Agustín, en Montaigne, grandes sujetos pacientes de su vida.

¿Qué añadió Kafka a las literaturas autobiográficas?

Les añadió algo devastador y gigantesco: el siglo XX.

Susurro, Teoría del

La teoría del susurro es mía. Todo kafkólogo que se precie elabora no una interpretación de Kafka sino media docena. La mía se llama así: «teoría del susurro».

¿Y qué afirma?

Dice que estás en tu casa, en la alta noche, ya de madrugada, y te acuestas después de leer a Kafka.

Apagas la luz.

Y hay un ser humano al otro lado de la cama que comienza a susurrar oraciones, plegarias, chistes, bromas, y de vez en cuando toca con su mano la tuya. La suya está helada y caliente al mismo tiempo. Y la tuya se marcha con la suya.

Te susurra al oído y tu oído se convierte en un almacén de ropa de hace más de cien años.

Luego se ríe de ti y enciendes la luz y no hay nadie.

Vas al lavabo y en el espejo no se ve a nadie.

Regresas a la cama, te metes en ella, te tapas con la manta hasta el cuello, y mientras te duermes comienzan miles y miles de susurros a sonar en tu cabeza. Un montón de gente que se está riendo de ti. Y no sabes por qué se ríen. Barruntas que conocen algo que tú no conoces. Se ríen de tu ignorancia.

Y te susurran.

Ternura

En medio de la desolación y de la impenetrabilidad de las novelas de Kafka alienta la ternura, por eso sigues leyendo y leyendo y leyendo. Y ves cómo la ternura se acanalla. Pero sigue siendo ternura. Y ves entonces como sale una mano de las novelas de Kafka y esa es la mano del mismo Franz Kafka que quiere acariciar la tuya en un temblor de ternura.

Entonces te das cuenta de que Kafka no está muerto.

Resucita una y otra vez a través de la ternura.

Por eso es el mejor escritor de todos los tiempos habidos y por haber.

No vendrá otro como él.

Es imposible.

Y lo sabes cuando lo lees: es imposible que venga otro como él, así que pasen mil años.

No lo conociste en vida, nadie queda sobre la faz de la tierra que lo conociera en vida, quizá un niño o un bebé que lo viera en 1923 o 1924 por casualidad, y tenga ahora cien años, o ciento dos años.

Y sin embargo en los *Diarios* de Kafka esos cien años no existen. Es un presente envolvente e inoxidable. ¿Cómo consiguió eso? Eso no pasa en ningún otro diario de escritor o escritora.

Fue por la ternura, fue por el reconocimiento explícito de la vulnerabilidad.

Tiempo

El tiempo histórico, básico en una narración o en una novela, no existe en Kafka. No se sabe en qué época suceden los hechos. No es un tiempo histórico o con estructura social y cultural. Sí que hay noches y mañanas y días más o menos reconocibles. Por ejemplo, a veces es de noche; otras veces, es de día. Y se dice ayer o mañana. Pero nada más. No se sabe si es 1915 o 1815 o 2015. No hay años, no hay época, no hay sociedad histórica, más allá de que aparecen teléfonos, coches o tranvías. Pero los teléfonos que salen en la obra de Kafka no son teléfonos normales.

El teléfono de *El castillo* simboliza la posibilidad de que te llame el mismísimo Dios o alguien parecido. Alguien capaz de explicarlo todo con precisión y sin dar lugar a malentendidos.

El teléfono en Kafka sirve para hablar con seres humanos que no viven en el tiempo de los seres humanos.

Hizo del teléfono una teología y una comedia.

Suena el teléfono, lo descuelgas y alguien se ríe de ti al otro lado.

Más vale que no te llame nunca nadie en la vida desde un teléfono de los que salen en la obra de Kafka.

¿Por qué todo esto es así?

Porque la Historia no existe. En la concepción de la vida de Kafka todo son fuerzas demoniacas ajenas a la regularización del Mal que lleva acabo la Historia. Kafka es el novelista más antinovelista que existe.

Y sin embargo, el lector agradece esa abolición del tiempo histórico y real, porque poco a poco comprende que el Tiempo y la Historia son otra forma de vacío, de caótico misterio.

La desnudez esencial del ser humano ante el Mal es intemporal.

A pesar de todo sería muy hermoso que un día sonara un teléfono en mi casa y al descolgar alguien dijera «buenas tardes, soy Franz, Franz Kafka, cómo estás, Manuel, solo llamaba para saber si estás bien, si te apetece charlar un rato mientras oscurece».

Esa llamada es metafísicamente imposible, y sin embargo la obra de Kafka es una apuesta por la posibilidad de que esa llamada se produzca alguna vez en un tiempo remoto.

Siempre que suena mi teléfono móvil espero que sea él, que sea Franz. A mí Franz solía llamarme haciéndose pasar por mi madre. Hoy me llama haciéndose pasar por mi hijo primogénito, porque mi madre murió hace diez años.

Así es Franz, siempre preocupado por ti.

Universal

La universalidad de Kafka solo acaba de comenzar. Tiene cien años. Será una universalidad más poderosa que la de Homero, Virgilio, Dante, Cervantes, Shakespeare, Flaubert o Tolstói.

¿Por qué?

Porque no es un escritor histórico, porque en sus obras no existe el tiempo, y la humanidad busca la abolición del tiempo, el final de la oxidación, del envejecimiento, de lo que se pasa de moda y se vuelve incomprensible y penoso.

Todos los escritores muertos de la historia de la literatura dan pena, menos Kafka, porque no habitó en el tiempo.

Todos los escritores eran feos: feo era Shakespeare, feo Cervantes, y Tolstói no digamos, y Flaubert, feo y gordo. Y todo eso cuenta.

Kafka vivió en las nubes.

Ventana

Kafka dormía durante todo el año con la ventana abierta porque se lo recomendó un naturista de la época. A veces me tienta probarlo.

En los diarios y en los epistolarios hay intentos mentales de suicidio. Casi todos buscan una ventana, tirarse por una ventana.

Recuerdo una fantasía de suicidio de Kafka en donde dice que el suelo es de tierra y está húmedo, y eso le lleva a desechar la idea de tirarse por la ventana. Yo me pregunto qué clase de hombre o de mujer no ha pensado alguna vez en tirarse por la ventana.

Nuestros padres están exentos de esta brutal imperfección, de este deseo inadmisible y condenatorio de tirarse por la ventana. Ante alguien que se tira por la ventana caben toda clase de juicios y reflexiones, salvo el de darle la enhorabuena, si no a él o a ella, que ya han muerto, a su familia.

Vergüenza

Todo cuanto escribe un escritor tarde o temprano se vuelve contra él, pues aquellos libros escritos lo afirman y lo visibilizan en el mundo social e histórico. Kafka quería pasar sin ser advertido por el mundo, bajo un paraguas de acero de una discreción irreductible. Pero era escritor, llegó a decir que él era la literatura, o que su existencia era literatura. La contradicción lleva al sentimiento de la vergüenza, vergüenza por haber escrito, por haber levantado la voz sin ningún beneficio para nadie.

Los hombres y mujeres a los que admiró en vida eran trabajadores anónimos, toda su obra está presidida por trabajadores, como un fogonero, un médico, o un padre de familia, o una criada, o un posadero, o una cocinera, o un jefe de camareros, o un ascensorista que pasa por la vida sin levantar testimonio de la vida. Los ascensoristas del hotel Occidental que aparecen en la novela *América* acaban siendo seres sobrenaturales, jóvenes impredecibles, tan cercanos del mal como de la inocencia más inexpugnable. Karl Rossmann eleva el oficio de ascensorista a una remota religión llena de leyes y de vicios. Y sin embargo, los ascensoristas del hotel Occidental te acaban conmoviendo. ¿Son ascensoristas imaginarios? Una lectura racional de *América* diría que sí, que son imaginarios. Yo no lo creo, yo creo que Kafka los veía con absoluta claridad.

Jamás la ciudad de Nueva York ha tenido los ascensoristas que aparecen en *América*.[1] Son los ascensoristas

---

1. Ya lo he dicho al principio de este libro, pero me apetece volver sobre el asunto, ahora que este libro se acaba. En homenaje personal y como muestra de amor a Max Brod yo siempre llamaré *América* a la novela que ahora los

trascendentales, son demonios que parecen chavales de veinte años, pero son monstruos, pequeños monstruos que suben y bajan las plantas del hotel Occidental, menudo nombre de hotel.

Todos los trabajos que aparecen en la obra de Kafka acaban siendo incomprensibles y a la vez fascinantes, y extienden ante el lector leyes y normas y sobrentendidos que oscilan entre lo mágico y lo grosero, entre lo taumatúrgico y lo humillante. El mundo laboral aparece regido por normas de una arbitrariedad que podríamos calificar de tan prodigiosa como humillante. Por ejemplo, las relaciones laborales que rigen en el hotel Occidental de la novela *América* acaban siendo ininteligibles pero de una ininteligibilidad necesaria, y esclarecedora. Es la misma ininteligibilidad que hay en el sentido de la vida humana. El lector queda deslumbrado y hechizado ante los mundos laborales en la obra de Kafka, pues se rigen por leyes que no son de este mundo, son de otro mundo que sin embargo explican este mundo. Por ejemplo, me gustaría recordar a los «ayudantes» de K en *El castillo,* que son dos personajes demoniacos y a la vez vulnerables o rozando la minusvalía mental, y sin embargo llevan dentro toda una filosofía moral que nos araña el

expertos en Kafka llaman *El desaparecido.* Se basan, para cambiarle el nombre, como ya señalé, en una carta a Felice Bauer en donde Kafka se refiere a la novela como *El desaparecido.* Sin embargo, cuando Kafka estaba con Brod y sus amigos llamaba a esta narración «mi novela americana». Por otro lado, me parece mil veces más kafkiano el título de *América* que *El desaparecido.* Yo siempre la llamaré *América,* porque si esa novela sigue entre nosotros es gracias a Max Brod y no gracias a esos filólogos que vinieron después a enmendarle la plana nada menos que a Max Brod, el enamorado de Kafka. El amor es más importante que la filología, siempre. No la llaméis *El desaparecido,* llamadla *Amérika,* y con k a ser posible. K de Kafka.

alma. Los ayudantes de K en *El castillo* son víboras, gente maleducada, alimañas, y a la vez son niños graciosos, pero de dónde demonios sacó Kafka personajes tan deslumbrantes como esos dos ayudantes.

El gran don de Kafka es ese: la arbitrariedad laboral es intercambiable. La nuestra, la que rige la realidad de nuestro presente histórico, es tan delirante como la que aparece en las narraciones de Kafka, solo que no sabemos verla y Kafka sí supo verla, porque contempló el mundo y la civilización en toda su desnudez.

Nos ofrece la risa maligna del mundo laboral que rige sus novelas para que sepamos ver la posibilidad de la risa en nuestras relaciones laborales. ¿Una condena del trabajo humano? En ese sentido, Kafka es disolvente y revolucionario. Concibe el trabajo como una máquina maligna de normas y sacrificios que son ridículos en sí mismos. Allí reside la lectura política de la obra de Kafka. Y sin embargo, de repente, los ascensoristas de *América*, en vez de trabajadores explotados, también son ángeles, que llevan a los huéspedes a las alturas. Kafka es inagotable. La extraña variedad ilimitada de la vida y de la sociedad se mete en sus obras de una forma sobrehumana.

Inexpugnable y a la vez poderosamente humano.

Él mismo padeció como funcionario del instituto de seguros contra accidentes de trabajo del reino de Bohemia una vida oscura y cercada por lo maligno. ¿Qué es lo maligno en Kafka? Prácticamente lo es todo, porque la vida humana es una imposibilidad. Es un don, claro que sí, pero un don que contiene una imposibilidad, con lo que ese don se convierte en algo tan sagrado como los vómitos que echa el personaje de Robinson en *América* por haber bebido en exceso un alcohol nauseabundo.

Su dedicación a la literatura era también «su trabajo». Así llamaba a su vocación: su trabajo.

El sueño de su vida fue poder dedicarse por entero a su trabajo verdadero, es decir, a la escritura, y no a su trabajo de abogado. Un hombre escindido en dos trabajos. La palabra literatura era muy solemne para Kafka. Él prefería la palabra escritura. Lo que él hacía no era literatura sino escritura. No era un escritor, era un escribiente, pues se aplicaba a sí mismo la imposibilidad de alcanzar algo en la vida que se elevara aunque fuese un milímetro sobre la extrema humildad. Porque la humildad es el don de Kafka. Tanta humildad es perfección. Es cegadora. Es la verdad. La última verdad. Por eso escribir era dejar de ser humilde. Y dejar de ser humilde era una vergüenza personal.

Escribió esto: «teme que la vergüenza le sobreviva». Esta frase está sacada de la *Carta al padre*. La vergüenza sobrevive a los escritores, porque la vergüenza está en el acto de escribir libros. Yo creo que Kafka se hubiera sentido mejor definido como escribiente que como escritor, pues la palabra escritor tiene un sentido social de cierto prestigio. Al menos la palabra escribiente aún contiene un poco de humildad. Porque de la humildad Kafka hizo un universo tan grande y tan complejo como el que tenemos sobre nuestras cabezas, con galaxias y planetas, con millones de años luz, con misterios terroríficos que, sin embargo, no merecen tener nombre.

Wagenbach, Klaus

Wagenbach (1931-2021) fue un escritor e importante editor alemán, kafkiano hasta la médula. Publicó una biografía sobre Kafka, y desde 1950 se hizo kafkiano. Es decir, estamos ante un enamorado de Kafka de primera hora. Editó un libro maravilloso titulado *Franz Kafka, imágenes de su vida*. Se trata de un álbum fotográfico porque Wagenbach se dio cuenta de que las fotografías del entorno de Kafka y de la Praga de principios del siglo XX eran necesarias para viajar al corazón de Kafka.

De este hombre lo que más me gusta es su pasión por las imágenes y las fotos de la vida de Kafka. Porque sin pasiones humanas y sin las fotos que mostraban esas pasiones nada tiene sentido, y menos Kafka.

Sabía muchísimas cosas sobre Kafka, porque fue el primero en darse cuenta (el primero de la época actual, claro, porque el primerísimo fue Max Brod) de que Kafka era el mejor escritor del mundo.

Warhol, Andy

Andy Warhol pintó a Kafka, porque sabía que si no lo hacía su obra pictórica perdería solvencia histórica. Warhol vio que Elvis y Kafka eran la modernidad. Por otro lado, si Warhol no te pintó es que eres un donnadie del siglo XX.

Warhol y Kafka son, en ese sentido, lo mismo.

Hasta en esos dos apellidos suena la vocal «a» como un estruendo de belleza, de risa, y de alegría, tal vez oscura.

Wohryzek, Julie

Julie era una mujer bellísima y alegre y llena de vida.

Kafka y Julie se enamoraron en 1918, en el pueblo de Libechov, donde Kafka intentaba reponerse de su recién diagnosticada tuberculosis. Los dos vivían en la pensión Stüdl. Se iban a casar en noviembre del 19, pero el padre de Kafka se opuso, de ahí surgió la *Carta al padre*.

A veces me da por pensar que si Hermann Kafka hubiera dado su consentimiento nos habríamos quedado sin la *Carta al padre*.

¿Llegaron a hacer el amor?

Imagino que sí, Dios lo quiera. Es lo único que le pido a Dios, que les permitiera al menos tres o cuatro noches de cuerpos entregados al placer sexual sin Dios, los cuerpos de Julie y Franz.

Julie fue vilmente asesinada en Auschwitz, en 1944. Tenía cincuenta y dos años. Murió veinte años después de Kafka.

Me habría encantado conocerla, pues es la novia de Kafka más desconocida. No se conserva ni una sola carta a Julie. Es, por tanto, la novia más kafkiana, porque se fue de este mundo sin cartas de Kafka.

Yo

El yo que levantó Kafka en sus diarios y en sus epistolarios no es una identidad que quiera afirmarse en el mundo. No hay ni un milímetro de vanidad. El yo de Kafka es el más peligroso de la literatura y de la existencia, porque no tiene ninguna aspiración conocida. Nunca se sabe qué desea, o qué busca.

Es una tormenta sin solución.

No es un yo terrenal.

Tampoco es celestial, o más bien sería, en todo caso, infernal.

No se sabe qué es.

Solo se sabe que es hipnótico, y que te rapta la atención y el alma.

En un sentido moral, no creo que las cualidades literarias de Kafka sean benignas o recomendables. Parece un cazador a la espera de su presa. Y la presa eres tú, el lector.

Allí donde Max Brod vio a Dios en la obra de Kafka, tal vez solo haya una ausencia irredimible, y por tanto un Demonio infatigable.

Toda gran literatura llevará siempre dentro una teología, de la naturaleza que sea. Y en esa teología tiene que haber un yo que mira a Dios, a la muerte de Dios, o directamente a la Nada, o directamente al Mal en todas sus vastas personalidades: la injusticia, la alienación, la tiranía, el crimen.

Elige lo que quieras, a Kafka le da igual.

Y a mí también. Me tiene completamente sin cuidado lo que elijas, pues elijas lo que elijas siempre gana la banca, es decir, Kafka.

Gana una forma informe de lo sobrenatural.

¿Existe lo sobrenatural?

Está en Kafka, pero es irreductible.

Epílogo

Me llamo Manuel Vilas y tengo sesenta y dos años. Me avergüenza llevar vividos veintidós años más que Kafka, porque no he sabido hacer gran cosa con esos veintidós años más de vida que el destino o el azar o el propio Kafka me han concedido. Espero ver a Kafka alguna vez, en esta vida o en cualquier otra vida. Porque él es el dueño de la realidad de los hombres.

Su gran maldición es la mentira de su muerte.

No está muerto.

Todos los escritores se mueren menos uno, uno que confirma la regla de que todos los escritores se mueren.

Dentro de su alma bailaban todas las criaturas que han existido, existen y existirán.

Me llamo Manuel Vilas y es muy posible, dado que tengo sesenta y dos años, que esta sea la última vez que Kafka y yo estemos juntos, pasemos juntos unos cuantos meses. No sé si me será dado leerlo de nuevo en la totalidad de su obra. Si volveré a estar con él una larga temporada, porque tengo que leer a los pesados de mis contemporáneos, que están todo el santo día publicando novelas y yo, tonto de mí, voy y las leo y dejo de estar a tu lado, Franz.

Si pienso en Kafka, soy feliz.

Si pienso en Kafka, soy invulnerable.

Si hubiera podido conocerlo, habría conocido el misterio.

Quisiera recordar el día en que me di cuenta de que Franz Kafka era el dueño de la literatura y los demás no lo eran. Ese fue un día muy difícil de aceptar. Porque nunca había pensado ni remotamente que la literatura pudiera llegar tan lejos. Y vi entonces el rostro derretido de todos los grandes escritores del mundo, desde Homero hasta Tolstói. Todos eran pequeñitos, seres minúsculos. Eran como ratones que estaban todo el rato alabándose los unos a los otros, incapaces de percatarse de la caja de cristal en la que estaban metidos. Ese poder aniquilatorio de Kafka da miedo. Pero también produce una alegría espantosa ver caer heridos de muerte a Flaubert, a Cervantes, a Dante, a Shakespeare, a Dostoyevski, a Proust. Todos se mueren. Y casi te alegras de que se mueran, porque la razón de que se mueran reside en el advenimiento de algo extraordinariamente mejor.

Tal vez Nietzsche tenía razón.

Tal vez Nietzsche vio en una noche de invierno a un hombre con sombrero pasear entre la nieve a duras penas.

Este libro se cierra tal como comenzó: yo no soy un lector de Kafka, yo soy su enamorado.

Buenas noches, Franz.

MV
Madrid, 3 de octubre de 2024

Post-Scriptum

La doma de la vida

Franz Kafka lo consiguió para mí y para todos aquellos escritores que no saben que Kafka lo logró también para ellos. Consiguió domar la vida. Consiguió que las palabras le ganaran por una vez en la historia de la humanidad un milímetro al cuerpo de la vida.

En ese milímetro he vivido yo durante treinta y cinco años y seguiré viviendo lo que me quede. El milímetro prodigioso.

¿Qué consiguió?

El espejo de la esclavitud.

Biblioteca **Franz Kafka**
en El libro de bolsillo

La metamorfosis

El proceso

El castillo

El desaparecido

Carta al padre y
otros escritos

La condena

La muralla china

Cartas a Milena

Cuadernos en octavo